Tucholsky   Wagner   Zola   Scott
            Turgenev   Wallace   Fonatne Sydow   Freud   Schlegel

    Twain   Walther von der Vogelweide   Fouqué   Friedrich II. von Preußen
            Weber   Freiligrath

Fechner   Weiße Rose   von Fallersleben   Kant   Ernst   Frey
        Fichte   Richthofen   Frommel

        Engels   Fielding   Hölderlin
    Fehrs   Faber   Flaubert   Eichendorff   Tacitus   Dumas

                Maximilian I. von Habsburg   Fock   Eliasberg   Ebner Eschenbach
    Feuerbach   Eliot   Zweig
            Ewald   Vergil

        Goethe   Elisabeth von Österreich   London

Mendelssohn   Balzac   Shakespeare   Dostojewski   Ganghofer
            Lichtenberg   Rathenau
    Trackl   Stevenson   Doyle   Gjellerup
                    Tolstoi   Hambruch
Mommsen   Thoma   Lenz   Hanrieder   Droste-Hülshoff

Dach   Verne   von Arnim   Hägele   Hauff   Humboldt
        Reuter   Hauptmann
    Karrillon   Garschin   Rousseau   Hagen   Gautier

        Damaschke   Defoe   Hebbel   Baudelaire
                Descartes   Hegel   Kussmaul   Herder

Wolfram von Eschenbach   Dickens   Schopenhauer   Rilke   George
        Darwin   Melville   Grimm Jerome
    Bronner   Bebel   Proust
        Campe   Horváth   Aristoteles
Bismarck   Vigny   Barlach   Voltaire   Federer   Herodot
            Gengenbach   Heine

Storm   Casanova   Tersteegen   Grillparzer   Georgy
        Chamberlain   Lessing   Langbein   Gilm
Brentano   Gryphius
        Claudius   Schiller   Lafontaine
    Strachwitz   Schilling   Kralik   Iffland   Sokrates
        Katharina II. von Rußland   Bellamy
                    Gerstäcker   Raabe   Gibbon   Tschechow

Löns   Hesse   Hoffmann   Gogol   Wilde   Vulpius
    Luther   Heym   Hofmannsthal   Klee   Hölty   Morgenstern   Gleim
        Roth   Heyse   Klopstock   Kleist   Goedicke
Luxemburg   Puschkin   Homer   Horaz   Mörike
        La Roche   Musil
    Machiavelli   Kierkegaard   Kraft   Kraus
Navarra   Aurel   Musset
    Nestroy   Marie de France   Lamprecht   Kind   Kirchhoff   Hugo   Moltke

    Nietzsche   Nansen   Laotse   Ipsen   Liebknecht
            Marx   Ringelnatz
    von Ossietzky   Lassalle   Gorki   Klett   Leibniz
            May   vom Stein   Lawrence   Irving
Petalozzi   Platon
        Pückler   Michelangelo   Knigge   Kafka
    Sachs   Poe   Liebermann   Kock
        de Sade   Praetorius   Mistral   Zetkin   Korolenko

Der Verlag tredition aus Hamburg veröffentlicht in der Reihe **TREDITION CLASSICS** Werke aus mehr als zwei Jahrtausenden. Diese waren zu einem Großteil vergriffen oder nur noch antiquarisch erhältlich.

Symbolfigur für **TREDITION CLASSICS** ist Johannes Gutenberg (1400 — 1468), der Erfinder des Buchdrucks mit Metalllettern und der Druckerpresse.

Mit der Buchreihe **TREDITION CLASSICS** verfolgt tredition das Ziel, tausende Klassiker der Weltliteratur verschiedener Sprachen wieder als gedruckte Bücher aufzulegen – und das weltweit!

Die Buchreihe dient zur Bewahrung der Literatur und Förderung der Kultur. Sie trägt so dazu bei, dass viele tausend Werke nicht in Vergessenheit geraten.

Sieh dich für!

Eine Räubergeschichte

Paul Keller

Impressum

Autor: Paul Keller
Umschlagkonzept: toepferschumann, Berlin

Verlag: tradition GmbH, Hamburg
ISBN: 978-3-8424-0816-6
Printed in Germany

Text der Originalausgabe

Paul Keller

»Sieh dich für!«

Eine Räubergeschichte

PAUL KELLER

„Sieh dich für!"

Eine Räubergeschichte

Bergstadtverlag Breslau

»Alle Tyrannen der Welt werden
am Ende lächerlich;
auf dem Schindanger grasen die
Gänse.«

m November 19.. war ich wieder einmal im »Sieh dich für!«. Es war ein trüber Regentag, und das Wandern auf der Chaussee machte keinen Spaß. An den Telegraphendrähten, die sich längs der Straße hinzogen, hingen dicke Tropfen, als hätten diese Drähte nichts zu melden als Krankheit und Tod, gestürzte Kurse und abgesagte Stelldicheine und müßten nun selber weinen über so viel Trauriges.

Aber als ich in die alte Landstraße einbog, da wurde es besser. Der Weg nicht! Der wurde so sumpfig, daß ich tief einsank mit meinen hohen Stiefeln. Aber meine Freunde, die Pappeln, sangen ihr Sturmlied. Und die Weiden waren da. Der Wind zauste sie an ihren Struwelköpfen, und sie schnitten ängstliche Gesichter wie gezüchtigte Gassenjungen. Die Nebelhunde rannten übers Feld und schnüffelten in den Gräben, und es gab viel Kurzweil.

O, wie tot war aber doch die Straße selbst! Die Krähen und Spatzen saßen lieber drüben an der Chaussee, wo Pferde vorbeizogen und ander nahrhaft Getier, hier war tiefe Einsamkeit.

In alter Zeit war es anders. Da war die Landstraße die belebteste im ganzen schlesischen Lande. Da fuhren hier die Breslauer Kaufherren ihre Waren bis hinauf in die Berge und bis hinüber ins Böhmische, nach Prag. Da gab es auch noch richtige Räuber und verrufene Herbergen, und das Reisen war nicht so langweilig wie heut, wo einem ja auch das Geld abgenommen wird, aber ohne alle Romantik. Von den verrufenen Herbergen war an dieser Straße die verrufenste der »Sieh dich für«. Es war ein ganz herrliches Spitzbubenidyll. Der Weg führt dort in einer Krümmung durch tiefen, dunklen Wald, und es war in alter Zeit da meilenweit weder ein Dorf noch eine Stadt in der Nähe. Da war das Rauben und Totschlagen ein wahres Herzensvergnügen.

Die alte Ernestine sagt, einer meiner Ahnen sei – so vor zwei- oder dreihundert Jahren – auch einmal Wirt im »Sieh dich für« gewesen, sie deutet da auf ein altes Bild, das sie besitzt und worauf einer einen verbundenen Kopf und über dem wilden Barte ein paar gut durchtriebene Äuglein hat. Und der heißt Bartholomä Keller. Mit der Ernestine mag ich über historische Dinge nicht streiten; sie ist mir zu überlegen, und der Gedanke, unter meinen Urvätern einen richtigen Räuber zu haben, war mir eigentlich immer interessant und schmeichelhaft. So suchte ich in meinen Ferien oft den »Sieh dich für« auf. Die erste Nacht, in der ich als Kind dort schlief, kam ich aus dem Zähneklappern nicht heraus. Diese Nacht ist eine der schönsten Erinnerungen meines Lebens.

Tratsch, platsch – der Weg ist miserabel. Ich stöhne. O, alter Bartholomä, wenn du wirklich mein Urvater bist, was wirst du zu diesem Stöhnen sagen?

Das wirst du sagen:

»Tintenfisch, was bist du für ein Schwächling! Sieh, bei solchem Wetter kommen die Leute in die Herberge. Müssen kommen, weil das Viehzeug nicht weiter kann. Und dann –«.

Er reibt sich seine Hände, die voll von Warzen, Haaren und blutigen Striemen sind. Wenn es die Pietät nicht verletzte, würde ich sagen, er sei eigentlich ein greulicher Kerl. Da – jetzt wird der Wald schon höher und dunkler. Jetzt kommen schon die Steinkreuze am Wege, die stummen Denkmäler für Leute, die hier »verunglückt« sind. Und jetzt noch eine scharfe Biegung, und da liegt das Gasthaus zum »Sieh dich für«, neuerdings genannt »Die Schreckensburg«.

Das Stallgebäude und die Scheune sind neu und fallen ganz aus dem Bilde; aber das Wohnhaus ist uralt. Es ist »aus mütterlicher Erde gestampft«, ein riesiges, unheimliches Gebäude mit einem runden, stumpfen Turme an der einen Flanke. Das langschleppende Strohdach reicht fast bis auf die Erde und umrahmt einen hohen, spitzen, drohenden Giebel. Die Fenster sind winzig klein, bilden eine ganz unregelmäßige Reihe. Die Tür ist so niedrig, daß ich mich schon als Knabe bückte, wenn ich hindurchwollte. Vor dem Hause ist ein Ziehbrunnen, der streckt seinen großen Arm unheimlich in die abendliche Luft.

Ein wütender Hund kläfft, sonst ist alles totenstill. Ich nähere mich vorsichtig der Haustür. Gleich hinter der Tür im Hausflur drin ist eine Fallgrube. Sie heißt seit alter Zeit »der kurze Prozeß«. Wer unvorsichtig über die Schwelle tritt, wenn die Grube offen steht, fällt in die Tiefe und wird nicht mehr gesehen.

Ich taste von draußen mit dem Stocke nach dem »kurzen Prozeß«. Er ist geschlossen, und ich gehe über ihn hinweg in die dichte Finsternis des Hauses. Der Hund heult, und irgendwo klirrt eine Kette. Dann tönt ein Ächzen aus dem Dunkel. Ich taste mich nach rechts, da ist die Tür zur Gaststube. Beklommen trete ich in den niederen Raum. Das fahle Abendlicht fällt durch die kleinen Fenster. Da erhebt sich aus einem Winkel eine gewichtige Gestalt.

»Was wollen sie?« fragt eine tiefe Frauenstimme. Ich rege mich nicht.

Nun kommt die Gestalt auf mich zu, stutzt, faßt mich mit derben Fäusten und schiebt mich zum Fenster. Dort bricht sie in ein schallendes Gelächter aus.

»Wahrhaftig, jetzt dacht' ich nich Wunder, wer kommt; dabei is es bloß der Keller Paul!«

»Jawohl, Ernestine, er ist es!« lache auch ich.

»Mensch, du bist übergeschnappt,« sagt sie nun wohlwollend besorgt, »den Schnupfen, den du dir heute holst, wirst du bis Ostern nicht los. Na, wart' mal, da müssen wir gleich trockene Strümpfe und Schuhe besorgen.«

Sie geht hinaus, und ich bleibe allein. Draußen stöhnt es wieder, und ich höre deutlich, daß es ein Mensch ist.

»Is dir recht, du Kujon!« höre ich jemand sagen.

Dann Stille.

Nur der Hund heult. Jetzt kommt die Ernestine zurück, sie bringt eine kleine wackelige Petroleumlampe. In dem Halblicht heben sich die riesigen Dimensionen dieser Frau gespenstisch ab. Unter dem Kopftuch quellen weiße Haare hervor, aber das Gesicht ist immer noch frisch rot und fast ohne Runzeln.

»Es ist verrückt von dir, daß du bei dem Wetter kommst,« sagt sie,»aber es ist doch höllisch hübsch, daß du da bist. Gib mal die Stiefel her!«

Sie zieht mir die durchnäßten Stiefel und Strümpfe aus.

»Ich hab' dir Strümpfe von mir mitgebracht,« sagt sie.»Zu klein werden sie dir nicht sein, und graul'n brauchst du dich auch nicht; es sind meine Sonntagsstrümpfe, und ich habe sie erst dreimal angehabt.«

Damit streift sie mir zwei rote Strümpfe, die größer als Kürassierstiefel sind, bis weit über die Knie.»So,« lacht sie,»und dazu nun persische Pantoffeln.«

Sie stülpt mir zwei Pantoffeln von reizender orientalischer Arbeit auf die Füße.

»Einen Grog braue ich dir auch. Echter Hennessy mit drei Sternen.«

»Hör' mal, Ernestine, Ihr habt wohl wieder einen kolossalen Fang gemacht im»Sieh dich für?«

Sie lacht.

»Es geht an. Es gab Zeiten, in denen das Geschäft schlechter ging.«

»Von wem sind die Pantoffeln?«

»Von einer Zigeunerprinzessin. Sie liegt im Turm.«

»Schon lange?«

»Hm. Sechs Monate. Können auch sieben sein.«

»Und der feine Kognak?«

»Von einem fahrenden Magister.«

»Du drückst dich sehr gewählt aus, Ernestine.«

Sie lacht wieder.

»Man lernt das so. Mit geringem Volke geben wir uns hier schon lange nicht mehr ab.«

Ich nicke, denn ich weiß das schon.

»Wo ist denn der Magister?«

»In der Höhle unten mit noch einem anderen.«

»Was ist das für einer, der andere?«

»Ein Hanswurst. Aber er glaubt, er sei ein Sänger.«

»So, das ist ja interessant. Da ist es doch gut, daß ich wieder einmal hergekommen bin.«

»Du wirst mir meine Gefangenen hoffentlich nicht entführen.«

»Du kennst mich doch, Ernestine.«

»Natürlich! Einer, der vom alten Bartholomä stammt, tut so etwas nicht.«

Wir lachen uns an. Von draußen tönt wieder das Stöhnen.

»Wer stöhnt denn draußen so jämmerlich?« frage ich.

»Ach, es hat nichts auf sich: nur drei gebrochene Rippen. Und schon eingepflastert.«

»Ja, ja,« sage ich, »ihr seid human.«

»Muß man auch, muß man auch, sonst verlöre man am Ende die Konzession,« sagt die Ernestine. Dann entfernt sie sich, um mir den Grog zu brauen.

Ein behagliches Gefühl überkommt mich. Die kleine Petroleumlampe wirft ihr gelbes Licht auf die gedunkelten Wände und über
die niedere, braune Holzdecke. Neben dem uralten blinden Spiegel
taste ich nach Flinten- und Pistolenkugeln, die in der Wand stecken.

Dort im Winkel ist ein Wandschrank, das heißt, es sieht nur so
aus, als ob es ein Wandschrank sei; seine Tür führt direkt ins Freie.
Da hinaus entwichen die Wirte vom »Sieh dich für!« in höchster
Not. Sonst ist dieses Zimmer das uninteressanteste des ganzen
Hauses, weil es eben die öffentliche Gaststube ist und sich da nicht
allzuviel machen läßt.

Die Ernestine hat vergessen, die Fensterläden zu schließen; ein
Schein fahlen Abendlichtes dringt immer noch von draußen herein.
Als ich einmal zum Fenster schaue, fahre ich erschrocken zusam-
men.

Ein Kerl beobachtet mich von draußen. Ein wilder Kopf ist hinter
den Scheiben sichtbar; verwitterte Züge, ein großer Bart, stechende
Augen, über dem verbundenen Schädel ein spitzer Filz mit einer
Hahnenfeder.

Das Herz schlägt mir, und die Hände werden mir kalt. Mein Urvater Bartholomä?

Nun ist die Erscheinung verschwunden, vorsichtig schleiche ich
nach dem Fenster und spähe hinaus, Da – da geht er dahin. In der
bunten Kriegstracht der alten Zeit und stützt sich auf ein Schwert.
Aber er geht müde und langsam, und ich höre, daß er ächzt. Bei
dem Ziehbrunnen, auf dessen Holzarm zwei schwarze Krähen sitzen, bleibt er ein Weilchen stehen, dann geht er weiter und ver-
schwindet drüben im grauen Turm.

»Mach' die Fensterläden zu, mein Söhnchen!«

Die Ernestine ist wieder hereingekommen.

»Ernestine, da – da hat einer hereingeschaut – einer mit einem
verbundenen Kopfe und in ganz alter Tracht –«

Die Ernestine lacht.

»Und da bist du erschrocken und hast an den Bartholomä gedacht? O, mein Söhnchen, die Großstadt hat dich doch nicht ver-

dorben; du passest noch immer in den ›Sieh dich für‹. Es war aber nicht der Bartholomä, es war bloß der Franz.«

»Der Franz? wie kommt er zu solchem Aussehen?«

»Das hängt mit der Zigeunerprinzessin zusammen; das wirst du noch hören. Da – ich hab' dir was aufgehoben.«

Sie wickelt etwas aus einem weißen Tuche und setzt es auf den Tisch.

Es ist ein Totenkopf.

Das gelbe Licht der Lampe fällt auf den blanken Schädel. Ich schüttele mich ein bißchen.

»Was soll ich damit?« frage ich.

»O, du kannst ihn dir auf deinen Schreibtisch stellen, es ist ein sehr schön erhaltener Kopf. Ich denke, die Dichter und Gelehrten haben immer solche Köpfe in ihren Zimmern.«

»Ich bin nicht dafür, Ernestine; mir ist es lieber, wenn ich beim Arbeiten ein paar Blumen vor mir habe.«

»So werden wir ihn begraben. Es ist auch besser, der Mensch kommt endlich mal zur Ruh.«

»Woher ist er?« frage ich.

»Franz hat ihn besorgt,« sagt sie, »daher rühren auch seine zerbrochenen Rippen. Das wirst du alles hören. Es ist merkwürdig, ich grusele mich vor so was nicht.«

»Ich auch nicht,« sage ich, »das ist, weil wir beide ein gutes Gewissen haben, Ernestine!«

»Ja,« sagt die Ernestine, »wenn man kein gutes Gewissen hätte, könnte man es im ›Sieh dich für‹ nicht aushalten.«

Ich hatte das Gefühl, daß mich jemand von irgend woher scharf ansehe. Richtig, durchs Fenster grinst wieder der Kerl mit dem verbundenen Kopfe.

»Also, das ist der Franz?« frage ich schüchtern. »Dein Knecht?«

»Freilich ist es der Franz. Ich hätte es dir nicht sagen sollen.«

»Wie war das doch mit dem Totenkopfe, den der Franz ›besorgt‹ hat und der ihm die gebrochenen Rippen eingebracht hat?«

»O, das war eine ganz dumme Geschichte. Franz wirbt doch schon seit fünfzehn Jahren um die Barbara. Alle drei Tage macht er ihr einen Heiratsantrag, und immer läuft die Geschichte schlecht aus für ihn. Doch so schlimm wie diesmal war's noch nie. Der Franz hat der Barbara das Alleinsein vergruseln wollen. So hat er ihr heimlich den Totenkopf und ein Gerippe ins Bett gelegt. Den Kopf und das Gerippe hat er hier in der Nähe ausgegraben. Abends, als die Barbara in ihre Kammer gegangen ist, hat sie so gellend geschrien, als ob ihr eine Maus ins Gesicht gesprungen sei. Ganz zittrig ist sie heruntergekommen und hat so mit den Zähnen geklappert, daß ich mich hab' kaum halten können vor Lachen. Der Franz aber hat ihr flink wieder einen Heiratsantrag gemacht. Da hat sie die große Rübenkeule genommen und sie ihm in die Seite gehauen, daß ihm drei Rippen gebrochen sind.«

»Damit wollte sie also gewissermaßen andeuten, daß sie seine Werbung ablehne?«

»Freilich,« lachte die Ernestine, »das hat sie ihm begreiflich machen wollen.«

»Und hat sich das der Franz so einfach gefallen lassen?«

»I wo! Er hat sie in den ›kurzen Prozeß‹ fallen lassen.«

»Ich denke, das ist lebensgefährlich?«

Ernestine schüttelte traurig den Kopf.

»Der ›kurze Prozeß‹ ist dahin. Verdreckt! Die Dienstmädel sind seit langem zu faul gewesen, das Gemülle in den Hof zu tragen, und haben es in den ›kurzen Prozeß‹ geschüttet. So ist fast die ganze Fallgrube gefüllt. Aber geschrien hat doch die Barbara greulich, als sie hinabgesaust ist, und wie ein Aschenpudel ist sie herausgekrabbelt und eine Hand hat sie sich verstaucht. Es gibt immer was zu lachen bei uns.«

»Diese Liebesgeschichte ist interessant,« sagte ich und nickte mit dem Kopfe. »Sie weicht von den anderen Liebesvergnügungen des 20. Jahrhunderts in der äußeren Form ab. Ich werde mal etwas darüber schreiben.«

»In eine Zeitung?« fragte Ernestine erschrocken. »Du, dann mach' uns nicht zu schlecht.«

»Ernestine,« sagte ich, »dein Grog ist gut und deine Strümpfe sind warm, aber bestechen laß' ich mich nicht; wenn ich erst etwas schreibe, schreibe ich die Wahrheit.«

»Es kommt dabei zuviel heraus,« meinte sie bedenklich und traurig.

»Na, da tröste dich, Ernestine; es gibt eine ganze Menge ›Sieh dich für‹, und welchen ich meine und wo er ist, werde ich nicht verraten, oder ich werde es doch nur sehr vertrauenswürdigen Leuten sagen.«

Sie sah starr auf den Tisch, »wenn du's schon tun willst, tu's halt!« sagte sie niedergeschlagen. »Für immer läßt sich ja so etwas doch nicht verheimlichen.«

Ich beobachtete sie. Ihre Augen waren scheinbar fest auf die Tischplatte gerichtet? aber ich bemerkte, daß sie ein paarmal blitzschnell die Wimpern hob und nach dem Fenster sah. Da wandte auch ich mich rasch dorthin und sah, daß der Kerl immer noch draußen stand und der Ernestine Zeichen machte. Ich tat, als sei mir nichts aufgefallen. Die Ernestine stellte sich nun recht ruhig, fragte ganz gleichmütig und immer auch ganz wohlwollend, wie es mir in den Jahren, die wir uns nicht gesehen hatten, ergangen sei.

Aber sie hatte eine nicht völlig bemeisterte Unruhe dabei, und plötzlich stand sie auf und sagte, sie müsse nun mal nach der Küche sehen. Als ich sie begleiten wollte, wehrte sie ab. Sie käme gleich wieder, sagte sie.

Da ging etwas vor. Da planten sie etwas gegen mich selbst. Hier galt es, vorsichtig zu sein. Ich trat ans Fenster. Franz stand nicht mehr dort, aber von den Pappeln her schlich nach dem Schatten des Stallgebäudes ein anderer Kerl. Er hatte den Mantelkragen hoch aufgeschlagen und eine Pudelmütze tief in die Stirn gezogen. Und er ging auf den Zehenspitzen.

Auf alle Fälle wollte ich die Tür abriegeln. Ich hatte keine Waffe, nur einen Regenschirm, der tropfend am Ofen lehnte.

Eine bedauerliche Lage! Ich nahm einen Taschenkalender heraus und sah nach dem Datum. 15. November! Und in der Tasche hatte ich eine Zeitung mit einer Betrachtung über die kommende preußische Steuervorlage. Ich lebte also doch in meiner Zeit und ich erlebte die Geschichte wirklich; es war nicht eine der albernen Sachen, die man hinterher nur geträumt hat.

Ich wollte mir einige Notizen in mein Taschenbuch machen, aber ich merkte, daß mir die Hand zitterte. Ich war auch jetzt viel zu aufgeregt, um klare Gedanken zu fassen.

Leise schob ich den kleinen Riegel vor die Tür und ging nach der Mitte des Zimmers zurück. Von dort aus sah ich nach dem Fenster. Da fuhr mir plötzlich eisiger, scharfer Wind in den Rücken, die Lampe erlosch, dichte Finsternis war um mich her, und eine halbe Minute später war ich zu Boden geworfen und gefesselt.

»Da hätten wir ihn ja – den Spion,« hörte ich die Ernestine sagen.

»Er hat nicht an den Wandschrank gedacht,« kicherte ein Mann. »Soll ich ihm einen Knebel machen? Dann gib mal ein sauberes, weißes Taschentuch her!«

»Keinen Luxus mit sauberen Taschentüchern, das bitt' ich mir aus!« sagte die Ernestine. »Ein Knebel ist auch nicht nötig, er mag brüllen, soviel er will, es hört ihn ja niemand.«

»Wohin woll'n wir ihn sperren?«

»In die kalte Küche.«

Nun nahm auch ich endlich das Wort und sagte: »Ernestine, eine solche Behandlung finde ich eigentümlich!«

Sie gab mir keine Antwort, zündete die kleine Lampe wieder an und erteilte drei vermummten Kerlen den Befehl, mich hinauszuschaffen.

»Halt!« rief ich, »halt! Ich will erst wissen, was das zu bedeuten hat. Ich protestiere! Wie könnt Ihr einen alten, treuen Freund so behandeln?«

Sie lachten aus einem Halse.

»Söhnchen,« fragte die Ernestine in mütterlichem Tonfalle, »wirst du diese Szene auch in der Zeitung schildern?«

»Gewiß!« sagte ich trotzig.

»Nun, so bald wirst du es nicht tun,« entgegnete sie höhnisch. – »Aber darum handelt es sich gar nicht.«

Sie sah mich lauernd an.

»Wie geht es deinem Freunde Dietrich?«

»Ich habe keinen Freund Dietrich.«

Sie zuckte verächtlich die Schultern.

»Du willst ein Romanschreiber sein und kannst schlechter lügen als ein kleiner Junge.«

»Ich habe keinen Freund Dietrich,« schnauzte ich wütend und stampfte mit meinen beiden gefesselten Füßen auf die Diele. »Und überhaupt, die ganze Geschichte paßt mir nicht!«

»Das Söhnchen ist unartig,« sagte die Ernestine kalt, »schafft es hinaus.«

In diesem Augenblicke hörte man draußen einen Reiter die Straße daher jagen. Die Augenbrauen der Ernestine zogen sich für einen Augenblick zu scharfem Nachdenken zusammen. Dann blies sie die Lampe aus. Es fiel mir ein, jetzt sei vielleicht eine gute Gelegenheit, um Hilfe zu schreien; aber ich genierte mich und blieb stumm.

»Hinüber mit ihm – rasch!«

Ich wurde mit Gewalt ergriffen und, obwohl ich mich aus Leibeskräften wehrte, hinausgeschafft. Wir kamen auf den matt erhellten Hausflur; ich wurde in einen dunklen Gang getragen, und es wurde dort eine eiserne Tür geöffnet, die gräßlich kreischte. Hierauf wurden mir in größter Hast die Fesseln gelöst, ich wurde in einen finsteren Raum gestoßen, und die Tür fiel krachend hinter mir zu. Das Schloß schrie auf, als draußen der Schlüssel in ihm umgedreht wurde.

»Mach' dir's recht bequem,« sagte einer von draußen. Dann gingen sie mit schlürfenden Schritten davon, und es wurde still.

Das war aber doch eine merkwürdige Begebenheit!

Ich fühlte mir an den Kopf. Also das stand fest, ich war völlig vernünftig. Ich konnte das Einmaleins mit 17 und den Hamlet-Monolog auf englisch tadellos hersagen. Und ich träumte auch nicht. Das merkte ich ganz deutlich an den Stellen, wo mich die wüsten Kerle gepackt hatten. Ebenso fest stand aber, daß heute der 15. November war, daß ich an diesem 15. November am Vormittage noch an meinem Schreibtische in der Haupt- und Residenzstadt Breslau gesessen hatte, in meiner persönlichen Sicherheit bewacht von einem Heer von Polizisten, und daß ich nun hier im ›Sieh dich für‹ der elend verlassene Gefangene einer Räuberbande war. O, welcher Unterschied ist doch oft zwischen Morgen und Abend!

Es war so finster, daß ich nicht die eigene Nasenwurzel sehen konnte. Wie betäubt stand ich da.

Ich erwachte aus meiner Erstarrung erst, als ich mich etwas lebhaft in den einen Fuß zwickte. Da fielen mir die Strümpfe ein, die mir die Ernestine geborgt hatte. Was bloß diesem Frauenzimmer einkam, mich hier so schmählich gefangen zu setzen? Hatte ich es nicht immer gut mit ihr gemeint, hatte sie sich nicht immer auf mich verlassen können? Hatte ich ihr nicht zu jedem Geburtstage ein Geschenk geschickt? War ich nicht in Breslau, als sie mich einmal besuchte, sogar mit ihr im Theater gewesen, obwohl sie in einer so auffallend ländlichen Toilette war, daß ich bei all meinen Bekannten Staunen erregte. Im Foyer wollte sie mich von ihrem Käsehörnchen »abbeißen« lassen. O, es war peinlich. Und nun sperrte sie mich ein!

Warte, du undankbare Bestie, an dir werde ich mich schon noch rächen! Elende Ernestine!

Ich suchte in meiner Tasche, nach meiner elektrischen Lampe. Ein ganz neues System, brennt dreizehn Stunden lang taghell. Ich hatte die Lampe erst heute mittag beim Wege zum Bahnhof erstanden. Es war ja ein Riesenglück, daß ich in dieser gräßlichen Finsternis wenigstens dies tröstliche Licht besaß!

Die Lampe funktionierte nicht. Wahrscheinlich hatte der Verläufer die dreizehn Stunden schon persönlich abgebrannt. So stand ich rettungslos in der Grabesfinsternis meines Räuberverließes. Zum Glück fiel mir ein, daß ich Raucher bin und also immer die eine oder andere Schachtel Zündhölzer bei mir habe, die – wie bei allen Rauchern – teils aus eigenem, teils aus fremdem Besitze stammen.

Ich suchte in meinen Taschen und fand sieben Schachteln, zwei mit Inhalt und fünf leere.

Ich machte Licht. Die »kalte Küche« kannte ich von früher. Es war ein ziemlich schmaler, aber sehr hoher Raum. Den Namen führte er nicht ganz mit Unrecht. Hoch an der Decke war ein breites Brett angebracht, darauf lagen Schinken, Würste, standen Obstkörbe, Zigarrenkisten und Likörflaschen. Aber das Brett war in teuflischer Absicht so hoch angebracht, daß der arme Gefangene, der hier schmachtete, nichts von den Herrlichkeiten erreichen konnte, sondern wie Tantalus ein elendes Dasein fristen mußte.

Der Raum bot aber auch sonst des Interessanten noch mancherlei. Er hatte in früheren Zeiten als »Fremdenzimmer« gedient und war die niederträchtigste Fallgrube der ganzen Spelunke. Er stand nämlich mit einer unter ihm liegenden Höhle in Verbindung. Im Fußboden war ein quadratisches Brett, das sich leicht ausheben ließ und eine Öffnung verdeckte, durch die ein Mann nach dem andern bequem aus der Höhle emporsteigen konnte, da hat mancher stille Gast des »Fremdenzimmers« für immer »fremd« gemacht.

Die Ernestine erzählte mir einen Streich, der hier passiert und dann verschiedentlich ungerechterweise auch von anderen Orten erzählt worden ist: Ein junger Rittersmann in reichem Anzuge, mit einer goldenen Kette auf der Brust und kostbaren Ringen an den Händen, war einst im »Sieh dich für« zur Nacht eingekehrt. Er hieß mit dem Taufnamen Dietrich; sein Familienname ist der Historie verloren gegangen. Es war die Zeit, da mein angeblicher Urahne Bartholomä Wirt im »Sieh dich für« war. Als es nun tiefe Nacht war, machten sich vier wüste Gesellen daran, den Rittersmann zu überfallen, zu erschlagen und zu berauben, Katzengleich stieg der erste in der Höhle empor und hob leise den Deckel im Fußboden ab. Darauf steckte er den Kopf in das Schlafgemach des Fremdlings. Der aber war klüger als die Räuber, hatte sich auf die Lauer gelegt, und als nun der erste Räuber den Kopf durch das Loch steckte, säbelte ihm der Ritter mit seinem haarscharfen Schwerte den Hals durch, ergriff aber gleichzeitig den Räuber und zog den Körper rasch herauf. Der zweite kam und wurde ebenso geköpft. Der dritte zögerte, doch der Ritter machte ihm ein leises Beruhigungszeichen, und auch der dritte fand den wohlverdienten Tod. Der vierte war Herr Bartholomä. Er war stutzig geworden, er schaute blitzschnell, als er den Kopf durch das Loch steckte, was los war und tauchte schlau wieder unter, so geschah es, daß ihm nur der Haarschopf etwas unsanft geschoren wurde und auch ein Stück Kopfhaut an dem Schwerte des Ritters hängen blieb.

Das also war das freundliche Gemach, in dem ich mich jetzt befand. Ich zündete zwei Streichhölzer auf einmal an und beleuchtete den Fußboden. Richtig, da war das verhängnisvolle Brett. Ich lockerte es ohne große Mühe und hob es empor.

Entsetzt fuhr ich zurück. Ein Kopf tauchte aus der Tiefe empor, aus der gleichzeitig ein Lichtschein drang.

Es war der Kopf der Ernestine.

Ich starrte den Kopf, der aus dem unheimlichen Loche unter meinem Verließe auftauchte, erschrocken an.

»Ernestine!«

Sie lachte schadenfroh.

»Ich dachte es mir, mein Söhnchen, daß du den Deckel heben würdest; aber die Ernestine ist immer eine Minute eher da als du.«

»Ernestine, es ist gemein von euch.«

»Was können wir dafür? Willst du es mir nun gestehen, was dein Freund Dietrich plant?«

»Ich habe keinen Freund Dietrich!«

»Paulchen, denke daran, daß es hier in dem Gewölbe kalt ist, daß du schon den Schnupfen hast und daß die Novembernacht lang ist.«

»Das alles weiß ich. Aber ich habe keinen Freund Dietrich.«

»Weißt du auch nichts von den Schergen?«

»Kein Wort! Ich habe in den letzten Jahren so viel Arbeit gehabt, daß ich mich gar nicht um den ›Sieh dich für‹ habe kümmern können.«

Nun stieg die Ernestine vollends zu mir herauf. Sie hatte Mühe, ihre riesige Gestalt durch die Öffnung im Fußboden heraufzupressen. Endlich stand sie vor mir in der tiefen Dunkelheit, in die jetzt nur von unten ein schwacher Lichtschimmer drang. Die Räuberwirtin kam mir ganz nahe, starrte mir in die Augen und sagte mit fast feierlicher Stimme:

»Ich frag' dich bei unserer alten Freundschaft, weißt du wirklich nichts von einem Manne, der Dietrich heißt, und von den Schergen?«

»Nichts! Gar nichts!«

»Gib mir die Hand darauf.«

Ich gab ihr die Hand.

»Also bist du unschuldig!« sagte sie und seufzte ordentlich erleichtert auf; »denn bei der Freundschaft schwindelst du nicht! Komm, ich werde dich hinauslassen.«

»Ich möchte einmal da hinunter schauen,« sagte ich und wies auf die matt erhellte Öffnung im Fußboden.

»Du kannst hier nichts sehen als die Treppe. Wenn du mit den beiden Käuzen, die unten stecken, reden willst, mußt du hinuntersteigen. Es sind Dietrichleute. Spione! Franz, Der Hofhund und ich haben sie geschnappt. Ich bleibe einstweilen hier.«

Ich stieg durch das Loch im Fußboden und kam in eine unterirdische Höhle. Sie war gewölbt, ganz ohne Fenster und mit einer riesigen eisernen Tür verschlossen. Zwei Lämplein brannten in dem Raum; vor dem einen saß ein grauhaariger Mann, bei dem andern lag auf einem Strohlager ein Jüngling, der erregt aufsprang, als er mich sah. Auch der Alte wandte sich um.

»Entschuldigen Sie, wenn ich störe,« sagte ich zu den beiden Gefangenen und machte eine artige Verneigung. Der Jüngere kam eilends auf mich zu, schaute mir scharf ins Gesicht, ergriff dann mit einem Gruße meine rechte Hand und zeichnete leise mit seinem Zeigefinger einen Kreis in meinen Handteller.

»Ich verstehe Ihr Geheimzeichen nicht,« sagte ich behutsam zu ihm.

»Oh – oh – Sie verstehen es nicht? Schade!« Sein Gesicht wurde traurig, und er wankte nach seinem Strohlager zurück. Nun wandte ich mich dem Älteren zu.

»Gestatten Sie, daß ich mich vorstelle: Der und der!«

»Ah, das freut mich,« sagte er höflich;»Professor Kardop mein Name! Sie sind Schlesier und wissen viel von schlesischer Geschichte?«

»Nein,« sagte ich ehrlich,»niemand weiß viel von Geschichte.«

»Wieso?«

»Geschichtswissenschaft ist ein Zusammenlesen roher Äußerlichkeiten, zu dem im günstigsten Fall etwas gutmütige Fantasiearbeit kommt; die intimsten Triebfedern und geheimsten Zusammenhänge bleiben uns ja selbst bei der eigenen Zeitgeschichte verborgen. Von der Vergangenheit wissen wir nicht viel mehr als nichts.«

Ich sagte diese tiefsinnigen Sätze in etwas protzigem, dozierendem Tone her.

Der Professor machte ein Gesicht, als wolle er um Hilfe schreien.

»Das ist die größte Brutalität, die mir in diesem Räuberneste widerfahren ist,« rief er.

Ich bat ihn um Entschuldigung und erklärte, daß ich vor jedem ehrlichen historischen Forscher einen riesigen Respekt habe. Darauf hörte er aber nicht. Sein Auge bohrte sich in den kalten grauen Estrich des Fußbodens. Dann sagte er langsam und feierlich:

»Ich möchte Sie um ein Geständnis ersuchen.«

»Bitte!«

Er sah mir starr ins Gesicht.

»Glauben Sie, daß Schweidnitz jemals eine römische Kolonie war?«

»Nein.«

»Nein – natürlich nein! Darauf kommt's auch gar nicht an; die Hypothese, Schweidnitz sei eine römische Kolonie gewesen, ist Blödsinn, ich möchte aber wissen, wie kommen die Diokletianmünzen in diese Schweidnitzer Erde? Auf welchem Wege?«

»Ich weiß es nicht – es ist mir auch völlig gleichgültig.«

Da wandte er sich verächtlich von mir ab.

Ich fühlte mich unbehaglich und wollte trachten, möglichst schnell aus der Höhle wieder hinauf in die tröstliche Nähe der Räuberwirtin zu gelangen, als mich ein Seufzer vom Strohlager her festhielt. Ich ging zu dem jungen Manne, der dort lag, und fragte ihn: »Ist Ihnen nicht wohl?«

»Ich dichte!« sagte er.

»Ah – sie dichten? Dann kann Ihnen ja allerdings nicht wohl sein. Gute Besserung!«

Ich wollte mich auf den Zehenspitzen zurückziehen. Er aber machte eine Gebärde mit seiner müden, weißen Hand, hob den Kopf ein wenig, so daß ihm eine schwarze Locke prächtig in die weiße Stirn fiel, und sah mich mit melancholischen, runden Augen an.

»Ich werde Ihnen etwas vortragen,« sagte er mit apathischer, leidender Stimme. Dann sanken ihm die schweren Lider auf die Augen, seine Lippen zuckten wie im Fieberdurst, und mit matter Stimme sprach er:

»Von den Gründen der Quallen
Zu dem Steinfinger,
Auf dessen morgenroter Fingerspitze
Der morgenrote Falke
Lacht,
Funkelt, mordet –
Geht eine Straße durch triefende Steine,
Irrt durch dunkle Räume,
Und auf ihr wurzeln fort, schleichen, rasen, flattern
Blumen und Molche, weiße Tauben und Tiger.«

Er sah mich erwartungsvoll an. –
»Originell!« sagte ich und lächelte verlegen.

Er war mit diesem Urteil nicht zufrieden und verzog das Gesicht.

»Haben Sie es verstanden?« fragte er, und als er mein betroffenes Gesicht sah, fuhr er gleich fort: »Ich werde es Ihnen noch einmal sagen:

Von den Gründen der Quallen
Zu dem Steinfinger – –«

Als er fertig war, fragte er wieder:

»Haben Sie es verstanden? Ist Ihnen der kalte Hauch einsamen Kampfes wenigstens ins Unterbewußtsein hineingeweht?«

Ich stand ganz hilflos da. Der Schweiß brach mir aus.

»–wurzeln fort, schleichen, rasen, flattern Blumen und Molche, weiße Tauben und Tiger.«

»Ich verstehe es nicht,« sagte ich.

Da wälzte sich der Dichter mit einem Seufzer auf die andere Seite und drehte mir den Rücken zu. In demselben Augenblicke trat der Professor wieder an mich heran.

»Sie haben ein Buch über die Wenden geschrieben?«

»Jawohl,« sagte ich beklommen.

»Also bitte mir Ihre Meinung zu sagen, ob sie glauben, daß die Lausitzer Sorben ihren Swantewit ebenso in Bastschuhen dargestellt haben wie die Wenden von Arkona. In Bastschuhen, mein Herr!«

»Es tut mir leid, Herr Professor, das ist mir nicht bekannt.«

»Er ist ein ganz ungebildeter Mensch,« klagte der Dichter mit weinerlicher Stimme von seinem Strohlager her. Der Professor hörte nicht darauf. Er grübelte.

»So – so – nicht bekannt – ob Bastschuhe? – Ich zweifle daran – woher hatten sie den Bast? – In Arkona stellten sie ihn in Bastschuhen dar, das weiß jedes Kind! Aber in der Lausitz? – Also, Sie wissen es nicht – so, so! Da möchte ich Sie mal was anderes fragen. Neuerdings beschäftige ich mich mit der Frage, wer die Version aufgebracht hat, daß der Name Schlesien aus dem altslavischen ze se slezi (die sich zusammenbetteten) entstanden sei. Können Sie mir sagen –«

Ich ergriff die Flucht. Mit drei Sätzen war ich an der Treppe, die nach oben führte, hörte aber noch, daß mir die beiden Höhlenbewohner Schimpfworte nachriefen. Der Dichter wimmerte: »Banause!« Der Professor sagte etwas schlimmeres, er sagte »Feuilletonist«.

Verängstigt steckte ich den Kopf oben durch die Mordluke und kletterte in die »kalte Küche« zurück, wo mich das Räuberweib, die Ernestine, mit schallendem Gelächter empfing.

Mir wurde wohl, als ich ihre klare Stimme hörte. »Das sind ja – das sind ja entsetzliche Kerle da unten!« keuchte ich. Die Ernestine ergriff mich an der Hand und zog mich hinaus. Die Tür hatte sie inzwischen geöffnet. Draußen sprach sie mit tiefer Stimme:

»von den Gründen der Quallen
Zu dem steinernen Finger –«

Sie sagte das ganze Gedicht her.

»Ernestine – auch du – auch du kannst diesen Blödsinn auswendig?«

»Es ist kein Blödsinn; es ist sein schönstes Gedicht.«

»Verstehst du es denn?«

»O, es ist sehr leicht zu verstehen.«

»Dann muß ich verrückt sein! Wenn du erlaubst, gehe ich ein wenig ins Freie.«

»Spinnst du auch wirklich keinen Verrat gegen uns?«

»Nicht den mindesten; ich gebe dir mein Wort darauf.«

»So geh'! Aber sieh zu, daß du mir die persischen Pantöffelchen nicht schmutzig machst. Und merk' dir die Losung: Die Anrede heißt »Dietrich«, die Antwort heißt »Rache«!«

Ich trat vor die Haustür, der Regen hatte aufgehört, aber der Novembersturm stieß hart um die Hausecke. Die Pappeln rauschten und reckten sich gespenstisch gegen den Nachthimmel. Ein Mann kam das Haus entlang geschlichen. Als er mich gewahrte, erschrak er.

»Dietrich!« sagte er leise.

»Rache!« flüsterte ich. Da kam er vertrauensvoll näher. Er trug eine abscheulich geflickte Jacke, Lederhosen, lange Stiefel, ein dickes Halstuch, einen spitzen Hut mit einer Feder. Der Bart war offenbar falsch, auch trug der Mann eine Perücke. Das auffallendste war, daß ihm auf der kühnen Räubernase ein goldener Kneifer von tadelloser Eleganz sah. Das Gestell wies das neueste Modell auf.

»Kennst du mich?« fragte er.

»Nein, ich hatte noch nicht das Vergnügen. Aber du scheinst ein forscher Junge zu sein.«

Er lächelte geschmeichelt.

»Ich bin der rote Ignaz,« sagte er mit Betonung.

Er erwartete, daß ich eine freudige Überraschung bezeigen würde, aber sie blieb aus.

»Du kennst wohl den roten Ignaz gar nicht?« fragte er verdrossen, »wie kommst du überhaupt in dieser windigen Stadttracht hierher?«

»Ich bin ein alter Freund des Hauses.«

»Hast du einen ›Sieh dich für‹-Namen?«

»Natürlich: der bleiche Emil.«

Er schüttelte den Kopf.

»Ein berühmter Mann scheinst du nicht zu sein; ›der bleiche E-mil‹ ist kein bekannter Name.«

»Ich war immer ein Stümper in der Räuberei,« gestand ich verlegen, »und die Ernestine nennt mich meist mit meinem bürgerlichen Namen.«

»Da mußt du nicht viel taugen,« sagte er. »Wie kann nur einer vom roten Ignaz nichts gehört haben!«

»Was hast du denn Großes getan? Wenn du ein so berühmter Räuber bist, warum läufst du dann mit diesem goldenen Gucker herum?«

Es ärgerte ihn, daß ich ihn auf die Stilwidrigkeit seiner äußeren Erscheinung aufmerksam machte. »Mir scheint, ein solcher Gucker,« sagte er, »ist für unser Handwerk immer noch eher zu gebrauchen als eine Bügelfalte in der Hose oder ein seidener Selbstbinder, wie du ihn trägst. Was den Zwicker anbelangt, so ist er nur Notbehelf. Meine Hornbrille hat mir der verliebte Kranz zerschlagen.«

»Der verliebte Kranz hat schlechte Manieren,« warf ich ein, »sonst hätte er der Barbara, dem Gegenstande seiner zarten Verehrung, nicht ein Totengerippe ins Bett gelegt. Woher hast du denn den Zwicker? Gekauft?«

»Na, höre, da kennst du den roten Ignaz schlecht. Erbeutet habe ich ihn. Er paßt mir zwar nicht? die Gläser sind so scharf, daß mir die Augen tränen, wenn ich durchsehe; ich bin überhaupt nicht kurzsichtig, der Zwicker ist bloß ein Siegeszeichen. Er stammt ans dem Überfalle in der Hundekehle.«

»Wann war denn der?«

»Mensch, du weißt rein gar nichts! Vor knapp drei Tagen war's. Da haben wir zwei Pfeffersäcke aufgehoben. Das war ein Hauptspaß!«

»woher waren denn die Pfeffersäcke?«

»Aus Breslau natürlich. Und hatten sich fünf Schergen mitgebracht zum Schutz. Wollten es wagen, zur Nachtzeit mit einem schwerbeladenen Wagen beim ›Sieh dich für‹ vorbeizukommen. Ich sage dir, bleicher Emil, soviel Hiebe wie diese Kerle hat selten jemand gekriegt. Natürlich alles weggenommen, Wagen, Pferde, den Zwicker, und die Kerle selbst eingelocht. Saubere Arbeit!«

»Sind die Gefangenen noch hier?«

»Nein – fort sind sie. Am zweiten Tage. Der glucksende Tobias hat uns verraten, hat sie nächtlicherweise freigelassen. Wenn wir ihn erwischen, bescheint ihn weder Mond noch Sonne mehr.«

»Das kann ich mir denken! Habt ihr sie nicht verfolgt?«

»Natürlich haben wir das! Aber alle im Dunkel entwischt bis auf einen, der sich auf einen Straßenstein gesetzt hatte, weil er mitten auf der Flucht ein Gedicht machen mußte!«

»Ah – der? Von dem Grunde der Quallen bis zu dem steinernen Finger – ?«

»Jawohl, der! Ein ekelhafter Kerl. Warum wir den hier durchfüttern, weiß ich nicht. Er ist völlig übergeschnappt.«

»Höre mal, Ignaz, was hat das eigentlich mit den Schergen auf sich?«

Er sah mich mißtrauisch an.

»Das weißt du auch nicht? – Am Ende – am Ende gehörst du gar nicht zu uns.«

»Würde ich da die Losung wissen, würde ich die Strümpfe der Ernestine und die Pantoffeln der Zigeunerprinzessin tragen? Nein, ich bin bloß zu lange nicht hier gewesen, und so bin ich nicht mehr auf dem laufenden.«

Er überlegte noch hin und her, ich mußte weitere Versicherungen geben; dann sagte er:

Also die Schergen –«

Hier folgte eine Reihe langer, so schwerer Verwünschungen, daß sich das Papier weigert, sie wiederzugeben.

»Also die Schergen sind jetzt eine elende Bande, die sich in Breslau gebildet hat zur Bekämpfung der ›Sieh dich für‹-Leute. Sie haben uns schon kolossale Schabernacke gespielt, aber wir ihnen auch. Ihr Anführer heißt Dietrich. ›Ritter Dietrich‹ nennt sich der Esel und will allen ›Sieh dich-fürlern‹ den Hals absäbeln wie weiland sein Vorgänger in der ›Kalten Küche‹. Das Gericht der Straße will er ausüben, der Trottel!«

»Ach, jetzt verstehe ich die Ernestine. Sie hielt mich für einen Spion der Polizei. – Die eigentliche Polizei – ich meine die öffentliche, amtliche Polizei – hat euch wohl immer in Ruhe gelassen?«

Ignaz lachte.

»Einmal hat der schnöde Wilhelm einen Taler Flurschaden bezahlen müssen, weil er einer Witwe durch die Gerste gegangen war. Sonst tut uns die Polizei nichts. Sie weiß nichts von uns, und das hat seinen Grund.«

»Welchen?«

»Der Amtsvorsteher gehört auch zu uns.«

»Ach,– das ist gut!«

»Natürlich kommt er nur verkleidet. Aber er tut oft mit. Er heißt bei uns das ›zugedrückte Auge‹. Heut sitzt er auch drin. Er ist noch jung und ein strammer Kerl.«

Während der ganzen Zeit war dumpfes Geräusch aus der Gaststube gedrungen.

»Sind viele drin?«

»Sieben.«

»Plant ihr diese Nacht was?«

»Kann man noch nicht sagen.«

»Was macht ihr aber, wenn mal spät abends ein fremder Luchser vorbeigeht und herein will?«

»Dafür stehe ich ja Wache. Dann wird das Licht ausgelöscht; alles schläft, und es wird nicht aufgemacht.«

»– – – Mein Söhnchen, komm' herein, du erkältest dich draußen.«

Die Ernestine faßte mich am Ärmel und zog mich ins Haus.

In der Gaststube saßen sieben Männer. Lauter verwegene Gestalten. Ein einziger hätte genügt, dem Wandersmann, dem er auf einsamer Straße begegnete, den Atem zu verschlagen. Drei der Kerle würfelten, die vier anderen spielten Karten. Es war das Sechsundzwanzigspiel mit den großen italienischen Karten. Zwei zankten.

»Das Denar Cavell hättest du ausspielen müssen.«

»Ach was, ich wollte den Spade due machen.«

»Da – das ist der blasse Emil,« warf die Ernestine dazwischen und stellte mich den Gentlemen vor.

Dann wies sie auf die einzelnen und nannte ihre Namen:

Das zugedrückte Auge – der schnöde Wilhelm – der verliebte Franz – der Schleicher – Spitzelfritze – der Gurgeldrücker – und der blutige Dolch.

»Es freut mich, meine Herren, daß ich die Ehre –«

Sie knurrten unmutig. Einer schrie:

»Mach' deine Luftklappe zu, bleicher Emil, und red' nicht solchen Quatsch. Sag' Guten Abend, Genossen!«

»Guten Abend, Genossen!«

»So, und da trinke mal mit!«

Er hielt mir sein Branntweinglas hin. Ich trank.

»Na, alter Junge, und nu setz' dich mal hierher. Wo hast du denn so lange gesteckt?«

»In Breslau – auf Reisen – überall.«

»Überall, bloß nicht hier, wo du hingehörst und immer fehlst, wenn's mal einen ordentlichen Schlag Arbeit gibt.«

»Ich hatte so Wichtiges vor.«

»Wichtiges? Wichtig is nischt, mein lieber, wichtig is bloß der ›Sieh dich für‹! Wer das nicht einsieht, is und bleibt ein Trottel sein Leben lang.«

Sie tranken und lachten. Da klopfte es von draußen an den Fensterladen. Im Nu erloschen die zwei Lampen, und es war totenstill in der Stube. Der blutige Dolch, der neben mir saß, bohrte mir etwas Spitzes in die Seite. Ich erschrak, griff danach und merkte, daß es nur sein Finger war. »Nun geht's los!« sagte er vergnügt, aber leise.

Es pochte an die Tür.

»Macht auf! Macht Licht!« rief der rote Ignaz, der die Wache hatte, von draußen. Die Lampen wurden wieder angezündet, und bald darauf traten zwei Männer in die Stube, der schwarze Barthel und ein baumlanger Kerl, der den Namen ›Grauer Otter‹ führte. Ignaz verschwand wieder auf seinen Posten; der graue Otter aber sagte mit aufgeregter Stimme:

»Sie kommen! Die Halunken sind von Schlumpwitz rübergekommen. sie haben sich verteilt: drei sitzen im Roten Hahn, vier sitzen in Päselsdorf drüben, und ein paar – es können fünf oder sechs sein – sind hinter der Hundekehle gesehen worden.«

Hei, das war eine Aufregung unter dem Räubervolk über diese Meldung des Spähers! Die acht Männer stellten sich gleich in einen Kreis, auch die Ernestine trat dazu, und ich wurde auch mit einbezogen. Es gab eine Beratung. Der graue Otter, welcher der Hauptmann war, leitete die Verhandlung.

»Von Schlumpitz her sind sie gekommen – im Hahn sitzen ein paar, in Päselsdorf, bei der Hundekehle sind welche gesehen worden.«

»Sie werden sich doch vereinigen?«

»Natürlich! – Aber wo –?«

»Roter Hahn – Päselsdorf – Hundekehle –«

»Sie werden sich bei der krummen Eiche treffen.«

Diese Vermutung sprachen zwei zu gleicher Zeit aus. Es wurde ihr lebhaft zugestimmt. Bei der krummen Eiche vereinigten sich drei Wege, die vom Roten Hahn, von Päselsdorf und von der Hundekehle herkamen.

»Es sind Esel,« sagte Spitzelfritze, »einen solchen Plan zu machen, der so leicht zu durchschauen ist.«

»Aber was dann, wenn sie sich getroffen haben?«

»Sie wollen natürlich hierher,« sagte die Ernestine, »aber auf der Straße kommen sie nicht; sie kommen sicher über die Mühlweide und durch die Brombeerbüsche.«

»Richtig,« sagte der Hauptmann, »und sie kommen nicht alle auf einmal, das könnte auffallen, sie sammeln sich erst kurz vor dem Hause. Darum –«

»Darum müssen wir sie unterwegs einzeln abfangen,« vollendete das zugedrückte Auge.

»So ist es!« sagt« der Hauptmann, »einzeln abfangen, und zwar vor den Brombeerbüschen; dort ist's am besten. Und dann gleich mit den Kerls in den kurzen Prozeß oder in die kalte Küche oder in die Höhle. Und dann keine schwächliche Gnade. Wir sind also jetzt mit der Ernestine zehn Mann, sie werden ebensoviel sein.«

»Mehr!« sagte der graue Otter.

»Schadet nichts, wir sind ihnen überlegen! Es wird ein Hauptspaß. Wir müssen uns nur richtig verteilen. Alle können nicht zu den Brombeerbüschen. Sechs Mann zu den Büschen, vier bleiben hier, wer will mit hinaus?«

Auch ich meldete mich.

Der Hauptmann sah mich mißtrauisch an.

»Bleicher Emil, es ist schön von dir, daß du mutig bist, aber du hast wenig Übung –«

»Er darf nicht mit,« sagte die Ernestine, »er erkältet sich zu leicht.«

Ich war wütend auf die Ernestine. Dieses Weib kompromittierte mich mit ihrer fürsorglichen Affenliebe.

»Ich erkälte mich nie!« schrie ich; »ich will mit!«

»Er kann nicht,« sagte die Ernestine, »er hat gar nicht mal ordentliche Stiefel.«

»So bleibt er hier!« bestimmte der Hauptmann kurz. Ich knirschte vor Wut und Scham.

In diesem Augenblick wurde die Tür geöffnet, und ein phantastisch gekleidetes Weib trat über die Schwelle, sie trug bunte, orientalische Gewänder, Goldmünzen am Halse und in dem rabenschwarzen Haar und war schön und jung. In der Hand hielt sie einen kleinen, schwarzen Kasten.

»Halt,« rief sie, »halt, ihr Männer und Helden, bleibet so stehen, so wie euch die Begeisterung der Stunde auf den Stirnen liegt und der große Entschluß aus den Augen leuchtet! Bleibet so stehen!«

Plötzlich kam sie auf mich zu. Sie sah mich erstaunt und zornig an und sagte:

»Wer ist denn der? Wie sieht denn der aus? Mann, augenblicklich machen sie, daß sie aus dem Kreise fortkommen? Sie verderben alles, stellen sie sich hinter den Ofen!«

Ich war verblüfft und rührte mich nicht. Da stellte das Weib den schwarzen Kasten weg und schob mich, den Erstaunten, hinter den Ofen.

»Wenn sie nicht hier stehen bleiben, bis ich werde auf drei gezählt haben, kratze ich Ihnen die Augen aus.«

Ich war so verwundert, daß ich der schönen orientalischen Bestie gehorchte.

Wenige Augenblicke später hörte ich sie zählen. Eins, zwei drei! Ein greller Blitz flammte durch die Stube – die Räuber waren photographiert.

Die Gruppe löste sich auf? die Räuber drängten sich um die Dame. Diese aber steuerte auf mich los.

»Kommen sie jetzt wieder heraus aus Ihrem Winkel!«

Ich blieb im Winkel und sagte, es gefalle mir da sehr gut. Im übrigen wolle ich durchaus nicht dabei sein, wenn hier kindische Faxen gemacht würden.

»Kindische Faxen?«

»Jawohl! Man photographiert Tante Schulz am Kaffeetisch oder Onkel Lehmann im Jagdanzug; man photographiert einen großen ›Künstler bei der Arbeit‹ oder einen Souverän, wenn er eine Ausstellung verläßt, aber man photographiert nicht Räuber, die eine Tat vollbringen wollen. Das ist geschmacklos! Das sollten sich ehrliche Räuber, die ein ernsthaftes Gewerbe betreiben, nicht gefallen lassen.«

Sie sah mich sprachlos an, fixierte mich von oben bis unten und brach endlich in die denkwürdigen Worte aus: »Er hat meine Pantoffeln an!«

Also das war die Prinzessin aus dem Turm!

»Meine echt orientalischen Pantoffeln, die ich in Montenegro gekauft habe. Und dazu trägt der Mensch rotwollene Strümpfe.«

»Meine Gnädigste, echt orientalische Pantoffeln, die in Montenegro gekauft werden, sind immer in Sachsen gemacht. Aber ich sehe, daß ich draußen mit den Pantoffeln in den Schmutz geraten bin, und das tut mir leid. Wenn Sie gestatten, behalte ich die Pantoffeln und schicke Ihnen ein paar neue.«

»Die auch in Sachsen gemacht worden sind?«

»Jawohl, ganz dieselben orientalischen Pantoffeln.«

»Er ist ein vorlauter Patron!« sagte sie und wandte sich ab.

»Madame,« schrie der blutige Dolch, »befiehl und ich bringe ihn um.« Auch die anderen Räuber erboten sich eifrigst, mir auf Wunsch der Prinzessin in dieser oder jener Weise den Garaus zu machen; sie aber schüttelte den Kopf und sagte: »Laßt ihn leben, er paßt so schön in die roten Strümpfe!«

Nun begann ein großes Courschneiden. Sämtliche Banditen waren arg in die schöne Prinzessin verliebt. In ihrer plumpen Form bemühten sie sich um die Gunst des schwarzhaarigen Mädchens, das nicht mehr ganz jung, aber von rassiger, wilder Schönheit war. Sie erboten sich, alle ihre Feinde zu erschlagen, ihr Sklaven ohne Zahl herbeizuschleppen, die Teppiche des Schah el Schah und die Goldgeschmeide des Negus von Abessinien für sie zu stehlen, ja, wenn es sein müßte, sich ihr zu Liebe rasieren zu lassen.

Sie stand wie eine Königin unter ihnen und hörte ihr Gerede mit geringschätziger Miene an. Dann sagte sie:

»Ich will mir einen Gespons unter Euch kiesen, aber ich stelle drei Aufgaben; wer die zuerst erfüllt, dem werde ich meine Hand reichen.« Da fingen sie alle an zu schwören und zu fluchen, nichts sei ihnen zu schwer, für die Prinzessin zu tun, und wenn sie auch die Steine des Himmels begehren sollte.

»Wohl,« sagte die Prinzessin, »der, den ich wähle, muß an erster Stelle mir den Schergenhäuptling Dietrich lebendig einliefern.«

Es sei nichts leichter als das, das wollten sie tun, wie man sich einen Spaß macht, schrien sie durcheinander.

»Der, den ich wähle, muß ferner in einer einzigen Nacht im Gasthaus des ›Sieh dich für‹ zwei gebratene Gänse aufessen und dazu zwanzig Liter Bieres trinken.«

Sie schrien, in der nächsten Nacht solle der Schmaus geschehen. Ein jeder wolle die Aufgabe erfüllen und sicherlich am Morgen darauf über Hunger und Durst klagen.

»Zum dritten muß sich mein zukünftiger Gemahl durch sechs Wochen lang jeden Tag einmal die Zähne putzen.«

Da wurden sie kleinlaut, und einige gaben offen zu, diese Aufgabe sei für sie zu schwer. Eine bedrückte Stille griff Platz.

»Ich wußte es, daß Ihr feig seid,« sagte die Prinzessin verächtlich. Die Räuber aber standen beschämt um sie herum. Da sprang das Fenster auf, und der rote Ignatz setzte von draußen herein.

»Madame,« schrie er, »ich übernehme es; ich werde sie mir putzen mit Bimsstein oder mit Eisenspänen oder mit ungelöschtem Kalk oder mit Stiefelwichse, mit was Madame befehlen.«

»Er ist ein Prahler! Er ist ein Lügner!« schrien die anderen durcheinander. »Was will er überhaupt hier? – Er hat die Wache! Er ist ein Aufschneider!«

»Ich bin kein Aufschneider!« rief Ignaz. »Ich habe mir die Zähne schon einmal freiwillig geputzt. Das war vor drei Jahren.«

Darauf gab ihm der graue Otter eine so fürchterliche Ohrfeige, daß Ignaz zu Boden stürzte. Die anderen schrien Beifall, die Prinzessin aber sagte mißbilligend:

»Ihr handelt zuweilen unkameradschaftlich aneinander; das gefällt mir nicht, wenn Ihr also meine Bedingungen nicht erfüllen wollt, so könnt Ihr meine Hand nicht erringen.«

Der blutige Dolch erbot sich, an Stelle des Putzens sich sämtliche Zähne ausziehen zu lassen, aber die Prinzessin lehnte das ab, indem sie sagte: Dieser Schmerz wäre zu kurz, um die Liebe ihres Ritters zu erproben.

»Bringt mir den Sänger!« befahl die Prinzessin darauf. Ihrem Wunsche schien nie ein Widerspruch zu begegnen. Eine Abordnung machte sich auf den Weg, und bald stand bleich und mit zerzaustem Haar der Mann in der Tür, der das Gedicht von den Quallen und dem steinernen Finger gemacht hatte. Als er die Prinzessin sah, kniete er vor ihr nieder.

»Meine Königin, Ihr habt mich gerufen!« hauchte er; »ich stehe zu Eurem Befehl.«

»Erhebt Euch, Torquato Lenau,« gebot sie, »denn dieser Boden ist schmutzig. Traget das Gedicht von den Quallen, den Tauben und Tigern vor. Aber himmelt nicht, sonst verstehen Euch diese Bravos nicht, und stoßt nicht mit der Zunge an, denn das mag ich nicht leiden.«

Torquato Lenau! – Das war also das Pseudonym des Dichters. Tasso und Nikolaus hatten in diesem Jüngling ein gemeinsames lebendes Denkmal.

Torquato Lenau erhob sich. Seine schwermütigen Augen glimmten die Prinzessin an, er warf die schwarze Locke ans der Stirn und sagte: »Frau Königin, das Gedicht ist das göttliche Wirrnis wilder Anklage gegen Euch!«

»Laßt das Wirrnis vom Stapel!«

»Frau Königin, schützt doch das zarte Gebilde der Kunst vor diesen rohen Horden! Seine Zephirwellen versiegen im Schmutz ihrer Ohren, und seine tiefen Gedanken fallen in den Sumpf ihrer Herzen.«

»Man sollte diesen Jammerbrei in die Senkgrube werfen!« murmelte der Gurgelzerquetscher.

Auch die anderen brummten unwillig.

»Still!« gebot die Prinzessin, »Keine Empfindlichkeiten. Torquato, Lenau beginne!«

Da sank der Kopf des Dichters nach vorn; da hüstelte er wie ein Schwindsüchtiger; dann griffen seine dünnen Finger durch die Luft, und dann deklamierte er, mit imaginärer Harfenbegleitung, erst flüsternd, tonlos, dann anschwellend, sprudelnd, rollend, dann sieghaft, dröhnend, zermalmend, am Schluß müde, ersterbend, flüsternd, tonlos, visionär:

>>Von den Gründen der Quallen
Zu dem Steinfinger,
Auf dessen morgenroter Spitze
Der morgenrote Falke
Sitzt, lacht, mordet, –
Durch triefende Steinmauern,
Durch das Helldunkel,
Durch das grasse Licht des Tages
Zurück ins Helldunkel.
Nein, nicht zurück, nein, weiter! –
Ja weiter! Immer weiter! –
Wurzeln fort, schleichen, rasen, jagen, flattern
Weiße Hirsche, Blumen, Tauben und Tiger!<< –

Stille.

Das Dichterhaupt, das sich erhoben hatte,
sank auf die flatternde blaue Krawatte.

Der graue Otter spuckte aus. Das zugedrückte Auge tränte. Der blutige Dolch fing eine Fliege und warf sie in so wildem Zorn gegen die Wand, daß sie elend verstarb. Ich und die anderen Räuber standen in so blöder Hilflosigkeit da, daß wir das prachtvollste Panorama von Dummköpfen boten.

Die Königin aber sagte:

>>Ihr habt das Gedicht etwas umgeändert, Torquato!<<

Er lächelte.

>>Was wächst, das ändert sich. Jedes meiner Gedichte wächst unaufhaltsam und ändert sich deshalb unaufhörlich. So ist das Helldunkel hinzugekommen. Der Grund ist leicht ersichtlich: das lyrische Gemälde brauchte Rembrandtsches Kolorit.<<

>>Dem sei, wie ihm sei,<< sagte die Prinzessin. >>Aber ich wende mich jetzt an Euch, Gentlemen, und ändere meine Bedingungen

dahin, daß der, der mir das Gedicht deutet, mein Gatte sein soll, auch wenn er sich in alle Ewigkeit die Zähne nicht putzt.«

Da erhob sich der rote Ignaz vom Boden aus seiner Ohnmacht und sagte, er wolle das Gedicht deuten. Darauf gab ihm der graue Otter wieder eine so gräßliche Ohrfeige, daß Ignaz in eine noch viel tiefere Betäubung verfiel als zuvor. »Ich deute das Gedicht selbst,« schrie der Otter. »Es ist der Chimborasso des Blödsinns, es ist der verrostetste aller Korkenzieher, den uns die modernen Lyriker in das gesunde Rückgrat hineindrehen; es ist der heruntertropfende Speichel eines ungewaschenen Dichterlingmaules; es ist der Saft eines gebratenen, verfaulten Gehirns.«

Die Prinzessin sah den grauen Otter freundlich an.

»Otterchen,« sagte sie, »du sprichst bilderreich. Ich rate dir, gib das Räubergewerbe auf, geh' nach Berlin und etabliere dich als Kritiker. Dein Ton ist charmant, und deine Bilder sind klar, du hast Talent, aber du bist noch ein Anfänger. Deine Deutung genügt mir nicht.«

Darauf fingen die anderen Räuber an, das Gedicht zu beurteilen, und sie waren viel gröber als der gemäßigte graue Otter. Die Prinzessin riet allen, nach Berlin zu ziehen und Kritiker zu werden, sie würden dem Publikum und darum auch ihren Verlegern sehr gefallen. Die richtige Deutung aber fand keiner.

Da wandte sich die Prinzessin an mich.

»Und du, Fremdling, was empfindest du bei diesen Versen?«

»Ich schwitze,« sagte ich.

»Und sonst weißt du nichts zu sagen?«

»Nein, aber ich schwitze sehr!«

Der Dichter wandte sich mit einer gnädigen Handbewegung mir zu.

»Dieser Mann,« sagte er, »ist zwar ein Ignorant, aber er hebt sich doch von dieser Horde von Greifaffen aus der Steinzeit vorteilhaft ab. Er hat Gefühl. Er schwitzt. Die Kunst wirkt also auf ihn. Zwar nur physisch; aber er hat doch Nerven.«

»Wenn also niemand die Lösung deiner Dichtung weiß,« entschied endlich die Prinzessin, »so sage sie selbst, Dichter. Aber sage sie deutlich, sonst trifft dich nie mehr mein Blick.«

Der Dichter seufzte schwer.

»Deutung – Deutung – Sinn – Zweck – Greifbarkeit – was soll das in der Dichtung? Kann ich mich mit einem Zeigestock vor den morgenroten Himmel stellen wie ein Schulmeister vor seine Landkarte und die Dämmerfarben und die Farbeninseln und die blauen Buchten, die weißen Berge und grünen Himmelswiesen und alle Sehnsüchte und Anmutungen, die daraus entsprießen, erklären?«

Ich war überrascht, wie er das so sagte, und nahm mir vor, auch im unverständlichsten, wirresten Künstlermenschen in Zukunft immer noch ein gut Teil zu vermuten.

»In den Gründen, wo die Quallen hausen,« fuhr Torquato mit einem schweren Seufzer fort, »liege ich gefangen. In der Höhle! In dem Turme, der sich als Steinfinger über diese Lande hebt, wohnt Ihr, Frau Königin, frei, leichtflügig, aber auch grausam wie ein Falke, der in den bunten Singvogel, der ihn liebt, seine spitze Kralle schlägt. Und zwischen meiner Quallengruft und Eurem hohen Turm geht ein Gedankenweg, eine Seelenstraße, durchbricht das graue Gestein, geht durch die Dämmerschatten dieses Hauses über das grelle Licht des Hofes in die Dämmerungen Eures Turmes zu Euch, Frau Königin. Auf der Straße jagen die sehnsüchtigen Hirsche meiner Wünsche, ranken die zarten Blumen meiner Zumutungen, flattern die weißen Tauben meiner Liebe, rasen die wilden Tiger meiner Rachsucht, wenn Ihr mich verschmäht. Das ist der Dichtung Sinn!«

Der rote Ignaz erhob sich wieder vom Boden. »Genau so habe ich es deuten wollen,« sagte er. Als aber der graue Otter zu einer Ohrfeige ausholte, die fähig gewesen wäre, einen ehernen Löwen zu enthaupten, duckte sich Ignaz und fiel diesmal freiwillig in Ohnmacht.

»Tintenfleck,« schrie der Otter, »wenn ich dich jetzt nicht augenblicklich totschlage ob der frechen Lösung deiner Dichtung, so verdankst du es nur dem Schutze der Königin. Was auf deinen Wegen von Getier herumläuft, sind nicht Tauben und Hirsche, sondern

Kamele, verrückte Mäuse, giftige Wüstenflöhe und gemütskranke Eichhörnchen.«

Er konnte nicht weiterreden, die Tür ging auf, der Professor erschien. Er hatte die Tür seiner Höhle offen gefunden und war heraufgestiegen zu uns. Ohne sich im mindesten um die Räuber und die Prinzessin zu kümmern, ging der fürchterliche Mann direkt auf mich los.

»Also Sie sind aus Breslau?«

»Jawohl!«

»Da haben sie also den Froissart sozusagen täglich als Unterhaltungslektüre. Können sie mir sagen, wie Eschenlohr dazu kam, das Werk gerade nach Breslau zu schleppen?«

»Nein! Aber warum sollte er es nicht tun? In Breslau war der Froissart stets gut aufgehoben. Anno 1806 haben die getreuen Breslauer das kostbare Werk vergraben.«

»Jawohl, darüber wollte ich sie fragen. Napoleon hat also den Breslauern angeboten, ihnen die Kriegskontribution zu erlassen, wenn sie ihm den Froissart gäben. Halte das der Mann aus sich selbst oder hatte er einen Berater?«

»Das ist mir nicht bekannt.«

Der Professor hatte sichtlich eine scharfe Bemerkung über meine Unkenntnis auf der Zunge, als plötzlich etwas Unerhörtes geschah.

Die Tür wurde weit aufgerissen; vier schwarz vermummte Gestalten erschienen, sie streckten uns Pistolen entgegen, und einer der Männer rief mit Donnerstimme:

»Hände hoch! Das Haus ist umstellt! Seht nach den Fenstern!«

Draußen an den Fenstern standen Männer mit Gewehren im Anschlag, wir waren überfallen.

»Ergebt Euch! Hier die Männer der Gerechtigkeit. Hier Dietrich!«

»Hölle und Teufel! Die Schergen!« schrie da der graue Otter und stürzte mit geschwungenem Dolche auf den Sprecher los. Es dröhnte ein Schuß, der Otter wankte und brach zusammen.

»Hände hoch! Eins, zwei –«

Wir streckten die Hände in die Luft. Wir waren alle wie erstarrt vor Schreck. Die Räuber standen mit bleichen Gesichtern da; ein paar versuchten eine Verwünschung zu stammeln; sie erstarb ihnen auf den bebenden Lippen. Unheimlich standen die vier schwarzen mit ihren Pistolen an der Tür, zu allen Fenstern starrten Flintenläufe herein. Auf den Baretten der Männer waren schwarze Zedern, schwarze Masken deckten ihre Gesichter, schwarze Mäntel fielen über ihre Schultern.

»Es treten alle in der Mitte des Zimmers zusammen,« gebot der Führer, welcher der Dietrich war. Wir gehorchten, bildeten willenlos einen Kreis. Dietrich trat drei Schritte vor und setzte als Sieger den Fuß auf den grauen Otter, der leblos am Boden lag. In diesem Augenblick flammte ein greller Blitz auf, und ein entsetzlicher Qualm erfüllte die Luft. Dietrich wandte sich nach einer Stubenecke. Man sah ihm eine freudige Überraschung an.

»Ah, Prinzessin, Ihr seid da und habt uns photographiert? Verzeiht, daß ich Euch noch nicht bemerkte und daß ich mich augenblicklich nicht zu Euren Diensten stellen kann. Ihr wißt, daß ich Euch sonst, holdeste aller Musen – –«

Diese zärtliche Abschweifung des Schergen benutzten die Räuber, einen Ausfall zu wagen, sie stürmten nach der Tür des Wandschranks, die ins Freie führte. Der Wandschrank öffnete sich, aber auch dieser Ausgang war besetzt. Schüsse dröhnten – der schnöde Wilhelm und der Gurgelzudrücker wälzten sich am Boden –

»In die Mitte des Zimmers, Hände hoch, eins – zwei –«

Wir stürzten nach der Mitte des Zimmers zurück und hoben die Hände hoch; wir wären sonst nach läge der Dinge augenblicklich des Todes gewesen. Nur der rote Ignaz trat dem Dietrich entgegen.

»Hört mich an, Dietrich,« sprach er, und die Stimme versagte ihm fast vor Schmerz und Wut; »hört mich an! Ich war der Wächter – und wenn ich auf meinem Posten geblieben wäre, dann wäre Euch dieser Überfall nimmermehr gelungen Aber die Liebe zu einem Weibe, zu einem herrlichen Weibe verlockte mich –«

Dietrich machte eine Handbewegung

»Der Bursche redet mir zuviel!«

Ein Schuß fiel, und der rote Ignaz lag am Boden. Er fiel dicht neben den langhingestreckten Körper des grauen Otter.

»Daß Ihr doch die Leute immer nicht ausreden lassen könnt, Ritter Dietrich!« schmollte die Prinzessin von der Stubenecke her. »Es ist nicht recht, einen Menschen mitten im Satz, bei einem beliebigen Komma durch den Tod zu unterbrechen; man soll anständigerweise immer erst den Punkt abwarten.«

»Prinzessin,« erwiderte der Führer der Polizei, »es tut mir leid, wenn ich mir durch einen Interpunktionsfehler Euren Unwillen zugezogen habe. Leider scheint er nicht mehr zu korrigieren zu sein: der Mann ist tot!«

»Nein, nicht tot!« sagte der rote Ignaz und richtete sich mühsam auf; »nur – nur – schwer verwundet – und wenn ich auf – auf – dem Posten – und wenn dieser dumme Kerl – Kerl – der hier an meiner Seite liegt – der graue Otter – der leider – leider gerade – unser Hauptmann war – nicht – nicht so – saudumm –«

Da erhob der totgeglaubte graue Otter seine Hand und versetzte dem schwerverwundeten roten Ignaz eine grauenerregende Ohrfeige, worauf er selbst in liefe Bewußtlosigkeit zurückversank.

Dietrich beugte sich über die beiden.

»Der Otter ist nicht tot,« sagte er, »denn er hat ein Lebenszeichen gegeben, den roten Ignaz aber hat er tatsächlich vollends erschlagen.«

Wir standen inzwischen immer noch mit hochaufgehobenen Händen. Da flötete die Prinzessin von der Stubenecke her:

»Dietrich, laßt die Leute nicht mehr länger so stehen; die Arme werden ihnen lahm, und Ihr dürft nicht unhöflich sein.«

»Also werde ich sie entwaffnen und binden lassen,« entschied Dietrich. Einem nach dem anderen von uns wurden die Waffen abgenommen; jeder wurde an Händen und Füßen gebunden und auf den Erdboden gelegt. Das zugedrückte Auge, das Widerstand leistete, wurde erschossen.

»Hat das nun dieser Amtsvorsteher nötig gehabt?« fragte ich mich, denn der Amtsvorsteher war ja das ›zugedrückte Auge‹. Die ganze Sachlage war ungemütlich; es roch so abscheulich nach Pulverdampf in der Stube, daß ich mir sagte, es würde mir wohler sein, wenn ich jetzt zu Hause an meinem Schreibtisch säße.

Als ich an die Reihe kam, herrschte mich Dietrich an:

»Waffen her!«

Ich übergab ihm mein Federmesser, dessen Klinge zwei Zentimeter lang ist.

»Will er mich verhöhnen?« brüllte Dietrich.

Ich sagte, außer diesem Messer besäße ich an Waffen nichts als einen originellen Zigarrenabschneider, eine kleine wendische Sche-re, die mir lieb und teuer sei, die ich aber auch gutwillig abliefern wolle zum Zeichen, daß ich mich gegen die Polizei nicht mit Mordgedanken trage.

»Er verhöhnt mich wirklich!« sagte Dietrich; »man erschieße ihn!«

»Halt!« rief da die Prinzessin, »laß ihn leben! Denn siehe, er hat meine Pantoffeln an, und es wäre mir unappetitlich, wenn jemand in meinen Pantoffeln erschossen würde.«

»Wie kommt er zu diesen Pantoffeln?« fragte Dietrich finster.

Ich antwortete: »Die Ernestine hat sie mir geliehen, weil ich heut mit nassen Füßen hier angelangt bin. Im übrigen bin ich der bleiche Emil, bin aber solange nicht hier gewesen, daß alle meine Räubertaten längst verjährt sind. Ich bin ganz zufällig in diese Gesellschaft geraten.«

»Das wird die Untersuchung ergeben,« sagte Dietrich.

Auf einer Bank an der Wand saßen der Dichter und der Professor, sie waren nicht bei uns Gefangenen; sie waren Vertraute der Polizei, Spitzel. Der Professor kam nun auf uns zu.

»Laßt den bleichen Emil laufen,« sagte er zu Dietrich; »der tut Euch nichts. Überlaßt ihn mir! Er muß mir seine wendische Schere zeigen und muß mir erklären, ob die eigentümliche Federung der beiden Scherenmesser zuerst bei den Sorben aufgetaucht ist oder ob sie nicht von den Polen oder Tschechen stammt. Er muß das wissen, denn er hat einen wendischen Roman geschrieben.«

Ich sah den Polizeichef an.

»Darf ich Euch um eine Gnade bitten, Herr Ritter?«

»Was begehrst du?«

»Laßt mich totschießen, aber überantwortet mich nicht der Qual, mich von diesem Manne ausfragen zu lassen, selbst durch das Rad hingerichtet zu werden ist immer noch angenehmer als in langsamer, grauenvoller Marter an den Fragen eines solchen Professors zugrunde zu gehen.«

Da wurde Dietrich milde.

»Ich weiß das,« seufzte er; »denn ich bin in meinem Leben schon dreimal durch ein Examen gefallen. Aber hier kann ich keine

Schwäche zeigen. Ich überliefere dich also diesem Manne auf zwei Stunden. Lebst du dann noch, dann schenke ich dir die Freiheit.«

Ganz gebrochen wankte ich mit dem Professor nach der Wandbank, wo er mir meine Schere abforderte, sie prüfte und sagte, die Slovaken und die Polaben hätten in alter Zeit solche Scheren nicht gehabt wie die Sorben; ich solle ihm sagen, wie ich mir diese höchst merkwürdige Tatsache erkläre.

Ich antwortete, falls der Herrgott die Weltgeschichte noch einmal um tausend Jahre zurückdrehen und mich dann noch einmal ins Leben rufen sollte, würde ich bei einem altslovakischen und einem polabischen Schneidermeister in die Lehre treten und dem Professor dann Auskunft erteilen. Bis dahin möge er sich gedulden.

In diesem Augenblick stieß mich der Dichter an und sagte:

»Ich wäre nicht abgeneigt, Ihnen für Ihre Zeitschrift eines meiner Originalgedichte zu überlassen. Aber ich muß 50 Pfennig Honorar für die Zeile fordern, denn ich bin Mitglied des Lyrischen Kartells.«

Darauf antwortete ich: das prachtvolle Gedicht von den Quallen wolle ich auf alle Fälle veröffentlichen, und den Honorarwünschen stehe nichts im Wege. Der Dichter strahlte vor Freude, bat mich um einen augenblicklichen Vorschuß, den ich gewährte, und fing dann an, in mein rechtes Ohr lyrische Gedichte zu deklamieren, während mich der Professor in mein linkes fragte, ob ich glaube, daß die Krücke des wendischen Schulzenstabes Heyka immer von Holz gewesen oder ob die Heyka auch als Waffe gebraucht und die Krücke deshalb manchmal aus Eisen gefertigt worden sei.

Während so mein Gehirn von der linken Seite einem wissenschaftlichen, von der rechten einem lyrischen Angriff ausgesetzt war, spielte sich vor meinen Augen eine interessante Szene ab.

Die Toten wurden in eine Reihe gelegt, die gefangenen und gebundenen Räuber dahinter auf den Boden gesetzt. Mit düsteren Augen starrten sie vor sich hin. Die Schergen, die bisher von draußen mit ihren Waffen die Räuber in Schach gehalten hatten, kamen in die Stube und lehnten nun in ihren schwarzen Trachten an den Wänden wie Statuen, die der Tod gemeißelt hat. Durch die Schlitze ihrer schwarzen Masken glühten strenge, unerbittliche Augen.

Ein Tisch wurde zurechtgestellt, darauf wurden zwei Totenköpfe und ein altes Schwert gelegt. Dietrich mit zwei Beisitzern nahm hinter dem Tische Platz, schlug dreimal feierlich mit dem Schwerte auf und sagte:

»Ich eröffne das Gericht.«

»Glauben sie, daß das ein niedersächsisches Schwert ist?« fragte mich der Professor leise.

Ich schüttelte den Kopf. »Polnischer Schlachtizensäbel! Paßt nicht zur Feme!«

»Das ganze ist Stilwidrigkeit,« knurrte da der gelehrte Mann und verließ unwirsch das Zimmer. Auch der Dichter verließ mich; er setzte sich zu der Prinzessin in die Ecke und begann mit ihr zu flüstern. Dietrich starrte lange auf die beiden. Auf mich vergaß er. Plötzlich nahm er sich mit einem Ruck zusammen und hielt eine längere Rede, in der er dartat, wie es nun dem ebenso geheimen wie verdienstvollen Bunde der Feme nach langen Mühen und mit Anwendung aller List und Tapferkeit endlich gelungen sei, eine schmähliche Räuberbande zu fangen und vor das Gericht zu ziehen, eine Bande, die der Schrecken der Lande und ein Greuel vor allen guten Menschen gewesen sei. Wie segensreich sei für unsere unsicheren Zeitläufte, in denen Recht und gute Sitte gewichen seien, ein Bund wie die Feme! Das Faustrecht herrsche in den Landen –

»Aber nur das geistige Faustrecht!« rief einer dazwischen; »die stärkere Intelligenz zwingt die schwächere zu Boden, deshalb haben wir das Faustrecht ausgeübt, weil wir im Bewußtsein unserer größeren geistigen Kraft –«

Der Richter hob die Hand, drei Schergen stürzten sich auf den Vorlauten und führten ihn durch den »Wandschrank« ins Freie. Ein dumpfer Schuß draußen, dann Stille! – –

»Und wenn es solche Strolche des geistigen Faustrechts gäbe,« fuhr der Richter fort, »dann wäre wie gegen kein anderes Raubgesindel ein Fembund gegen sie am Platze. Ein Bund, der alle intellektuellen Wegelagerer, die geistiges, anständiges Bürgertum ausplündern, am nächsten Baume aufknüpfte.«

Dietrich fuhr fort:

»Wir haben es hier mit veritablen Buschkleppern zu tun, heruntergekommenem Gesindel, das die Straßen unsicher macht. Dort liegt der Gurgelzudrücker, ein Kerl, der ungezählten Menschen mit seiner Bärenklaue den Odem des Lebens abgeschnitten hat; er war der erste Hauptmann dieser Bande. Hier liegt der graue Otter, schwerverwundet, er war der jetzige Hauptmann, wie eine giftige Schlange, die den Tod bringt, beschlich er den friedlich rastenden Wandersmann. Noch drei andere Banditen hat unsere Kugel der Rache zur Strecke gebracht; die anderen sind in unserer Gewalt und werden nicht entkommen, wir werden ein fürchterliches Gericht halten! Zuerst werden wir gegen den ärgsten unter allen, den Teufel in Menschengestalt verhandeln, gegen den blutigen Dolch.«

Ein Beisitzer verlas aus einer schwarzen Liste die Schandtaten, deren sich der blutige Dolch schuldig gemacht hatte. Schinderhannes war ein harmloses Kind gegen den blutigen Dolch. Es war eine greuliche Aufzählung. Überfälle, Einbrüche, Morde ohne Zahl. Eine Burg hatte er in die Luft gesprengt, Häuser angezündet, Reisende in Hinterhalte gelockt. Zum Schluß wurde ihm vorgeworfen, er habe einem Kaufmann eine Rippe gebogen, so daß dieser an einer Lungenkrankheit gestorben sei.

Der blutige Dolch hörte die Aufzählung aller seiner Übeltaten mit einem Grinsen an. Fragte ihn der Richter, ob er sich zu dieser oder jener Tat schuldig bekenne, so gab er zynische Antworten. Er rühmte sich seiner Greuel. Hielt ihm der Richter vor, er habe bei einem Überfall zwei Pfeffersäcke und vier Knechte erschossen, so sagte er, es seien drei Pfeffersäcke und sechs Knechte gewesen; er wisse das so genau, weil er eine genaue Registratur führe. Nur, daß er dem einen Kaufmann die Rippe gebogen und dieser darauf an einer Lungenkrankheit gestorben sei, das bestritt er. Es gab nun ein langes Hin- und Herverhandeln. Alles Zureden, doch diese eine an sich geringfügige Tat zuzugestehen, da ein solches Geständnis ja an seinem Schicksal nichts mehr ändern würde, prallte an dem Dolch ab. Jemandem eine Rippe zu biegen, sei unartig, sagte er, und er denke nicht daran, sich seinen guten Ruf schmälern zu lassen. Ein Zeuge war bei der Tat nicht zugegen gewesen, und schon wollte der Richter diesen Fall aufgeben, als durch die Wand ein Gespenst erschien.

Es war plötzlich da. Es schob mit seinen Geisterhänden zwei Schergen bei Seite und schwebte auf den Richtertisch zu. Fledermausgraue Tücher hüllten die Gestalt ein, verhüllten auch den Kopf. Das Gespenst verlöschte alle Lichter bis auf eine einzige Kerze, legte die Hand auf den Richtertisch und sagte: »Ich will Zeugnis geben gegen den blutigen Dolch. Ich bin der Geist des Kaufmanns Leonardo aus Pisa, dem er den Tod gebracht hat, als er nächtlicherweile ihn im einsamen Walde überfiel. Ich war ein starker Mann, als ich noch am Leben war, ich entwand dem Räuber seine Waffen und schleuderte sie beiseite.«

»Das ist Schwindel!« schrie der blutige Dolch dazwischen; »das Gespenst renommiert! Mir hat noch niemand meine Waffen entrissen!«

»Und wo hast du jetzt deine Waffen?« fragte ihn das Gespenst voll Hohn. Da schwieg der Dolch.

Das Gespenst aber fuhr fort:

»Wir waren ganz allein im tiefen Wald. Nur der Mond jagte durch die Wolken. Irrlichter leuchteten über dem Moor, und ein paar Käuzchen schrien. Wir kämpften auf Leben und Tod, und ich wäre wohl Sieger geblieben in dem Ringkampfe, da ich viel stärker war als der Dolch –«

»Affe!« knirschte der Dolch dazwischen. Da erhob sich der Richter und bemerkte mit juristischem Takte:

»Angeklagter, Sie dürfen den Herrn Zeugen nicht beleidigen.« Und das Gespenst fuhr fort:

»– viel stärker war als der Dolch –«

»Ich bitte das Gericht, diesen Gespensterzeugen, dessen Nationale nicht mal festgestellt ist, als nicht glaubwürdig zu betrachten.«

Da langte aus den fledermausgrauen Tüchern eine gespenstische Hand heraus und legte etwas auf den Richtertisch.

»Das ist der Beweis.«

Es war eine Röntgenphotographie. Der Richter hielt sie gegen das Licht, und der Dolch sank mit dem Ausruf: »Jetzt bin ich verloren!« auf die Seite. Hoch aufgerichtet stand das Gespenst, die Richter traten beiseite zu kurzer Beratung; sie kehrten langsamen, feierlichen Schrittes an den Tisch zurück. Dietrich schlug dreimal mit dem Schwerte auf und verkündete:

»Im Namen des Gerichts: Der blutige Dolch wird dadurch vom Leben zum Tode befördert werden, daß ihm das Gespenst eine Rippe nach der anderen in die Lungen hineindrückt.«

Das Gespenst stieß ein scheußliches Gelächter aus, ging auf den gebundenen Räuber zu, der laut aufbrüllte in seiner Todesangst, und warf sich über ihn. Ein wilder Schrei nach dem anderen. Und das Gespenst höhnte: »O, mein Söhnchen, bist du so kitzlich?« Das alles war sehr unfein, mitzuerleben.

Da kam der Dichter mit der Prinzessin an den Tisch, und während der blutige Dolch im Todeskampf brüllte, sagte der Dichter mit seiner schmachtenden Stimme: »Edle Herren, verzeiht eine kleine Unterbrechung, ich habe mich soeben mit unserer Prinzessin verlobt.«

»Das heißt, ich habe mich mit ihm verlobt!« verbesserte die Prinzessin. Dem Richter Dietrich sank das Schwert aus der Hand; ich glaube, er zitterte. Der schwerverwundete rote Ignaz erhob sich und starrte mit entsetzten Augen auf die beiden.

Der Richter faßte sich langsam.

»Prinzessin, Ihr dürft Euch verloben, mit wem Euch beliebt,« sagte er mit beklommener Stimme; »ich gratuliere Euch!«

Dann nahm das Paar auch die Glückwünsche der anderen entgegen. Unterdes ließ das Gespenst von seiner gräßlichen Henkersarbeit nicht ab, und die wilden Schreie des blutigen Dolches gellten zwischen die Glückwunschworte. Endlich wurde der Gemarterte still. Er streckte sich lang und rührte sich nicht mehr. Das Gespenst richtete sich auf, und die Prinzessinbraut sagte mit weiblicher Anmut, indem sie auf die Leiche des Dolches wies:

»Schade, daß ich keinen Röntgenapparat habe; den photographierte ich jetzt gern. –«

Dietrich stand regungslos hinter dem Richtertisch. Endlich mußte er in der Verhandlung fortfahren. Er schien schwer verdrossen. Nur langsam fand er die Worte:

»Da nun der größte Halunke tot ist, können wir mit den noch lebenden kurz verfahren: wir werden sie erschießen.«

Die anderen Richter stimmten bei, und die noch lebenden Räuber wurden ergriffen und ins Freie geführt. Auch mich versuchten die Schergen zu ergreifen. Aber ich wehrte mich. Ich sagte, daß alles, was ich im Leben an gerichtlich Strafbarem ausgefressen habe, ja immerhin vielleicht auf 20 bis 30 Mark Geldstrafe auslange, aber keinen Tod durch Henkershand verdiene, daß ich mir daher den Vorschlag erlauben möchte, mich am Leben zu lassen, sintemalen ich morgen nachmittag in Breslau eine wichtige Konferenz hätte.

Diese Einwendungen nutzten aber nichts. Das Gericht bestimmte meinen Tod durch Erschießen.

»Das ist ihm ganz recht,« hörte ich den Dichter sagen, »er hat mein Gedicht nicht verstanden, und außerdem ist er doch der bleiche Emil.« So sprach der Kerl, dem ich soeben Vorschuß gegeben hatte!

Dietrich aber als er die Worte des Dichters vernahm, straffte seine Gestalt, ein feindseliger Augenblitz traf den neubackenen Bräutigam, und mit stolzer Stimme sprach er:

»Halt! Ich begnadige den bleichen Emil!«

So verdankte ich mein Leben dem Umstande, daß der gehaßte Nebenbuhler meines Richters gegen mich gesprochen hatte.

»Du bist frei, bleicher Emil, und kannst hingehen, wohin dir beliebt.«

Ich ging durch den Wandschrank hinaus, den verurteilten nach. Eine Waldwiese stieß an das Haus, der Mond leuchtete matt; der Wind spielte mit welkem Laub. Die Verurteilten wurden an Baumstämme gebunden, die Femrichter traten zwanzig Schritte weit vor sie hin, sie hoben ihre Flinten. Scharf blitzten die Augen durch die Maskenschlitze. Einer zählte mit lauter stimme: »Eins – zwei – drei!« Schüsse krachten; die Häupter der Gerichteten sanken nach unten – –

Auch ich hätte unter ihnen sein können. So leicht! Schaudernd wandte ich mich ab und ging frierend nach der Stube zurück.

Dort lagen noch die Toten und saß das Brautpaar und küßte sich. Dietrich war verschwunden.

Da klopfte es von der Seite der Landstraße her an den Fensterladen.

»Ernestine! Ernstine! Mach' uff!«

Es war eine alte Weiberstimme. Das Klopfen und Rufen wiederholte sich und wurde immer stärker. Da kam die Ernestine, auf die ich inzwischen ganz vergessen hatte, aufgeregt in die Stube. Anfangs legte sie die Finger auf die Lippen zum Zeichen, wir sollten alle mäuschenstill sein. Dann huschte sie durch den »Wandschrank«, kam wieder zurück, nahm mich an der Hand, gab mir einige Weisungen. Dann, als das Klopfen wieder ertönte, fragte sie:

»Wer ist denn draußen?«

»Nu ich!«

»Wer ist ich?«

»Nu, die Botenfrau, die Liepolden! Ich will amal fragen, ob Se nich'n Mandel Eier ibrig han?«

»Nee, ich haa keene Eier ibrig.«

»Nu, do lossen Se mich doch wenigstens rein und geben Se mer'ne Schale Kaffee, 's ja a su verflixt kalt.«

Die Ernestine sah mich an. Ich ging nach der Wirtsstube und überzeugte mich, daß sie ganz leer war. Die Toten, die Femrichter, das Brautpaar, der Gerichtstisch, alles war verschwunden. Dort, wo der feierliche Gerichtsschild der Feme gehangen hatte, war jetzt ein Plakat, darauf stand: »Dr. Mampes Magenbitter«!

Ich gab der Ernestine ein Zeichen, worauf sie die klopfende Frau einließ. Ein schlesisches Bauernweib mit einem Kopftuch und einem Korb auf dem Rücken. Eine Botenfrau! Sie keuchte.

»Jeses ne,« sagte sie, »was is denn hier lus? Ich ha doch schießen geheert.«

Die Ernestine lachte.

»Schießen? Liepolden, Ihr seid wull ganz verrückt?«

»Nu, ich hör ja schon a bissel schlecht, aber's war doch, als wenn's schießen täte.«

»Ja, Liepolden,« sagte ich, »seh'n Se, es is doch jetzt Hasenjagd. Und bei der Hasenjagd, da schießt's halt.«

»Nu ja, ja! Da werd's wull der Herr Amtsvorsteher gewest sein, der geht immer uf die Jagd.«

O, du zugedrücktes Auge!

Das alte Weib blieb so lange schwatzend beim Kaffee sitzen, daß ich mich hinaus schlich. Draußen standen zitternd und frierend in rieselndem Regen die »Femrichter« mit Schwertern und Waffen, sie fürchteten sich vor der Liepolden. –

Aber als die Liepolden fort war, erstand die alte Herrlichkeit aufs neue. In feierlichem Zuge hielten die Richter ihren Einzug, und jeder von ihnen war die verkörperte Majestät, Größe und Furchtlosigkeit. Der Schild wurde aufgehängt, und Mampes Magenbitter verschwand. Auch die Totenköpfe und das Gerichtsschwert tauchten wieder auf. Nur Dietrich, der Anführer, war und blieb verschwunden. Er ließ sich entschuldigen; er war abgereist.

Der »Dichter« lächelte stolz, stieß mich an und flüsterte: »Eifersüchtig! Ja, einen echten Dichter sticht keiner bei den Weibern aus! Haben sie gemerkt, daß er Ihnen bloß darum das Leben schenkte, weil ich Ihren Tod wünschte?«

Ich sagte, das hätte ich wohl gemerkt, worauf er mich um einen neuen Vorschuß bat, den ich aber ablehnte.

Was jetzt erfolgte, würde ein gewöhnlicher Reporter schlichtweg als eine Kneiperei bezeichnen. Ich aber sah mit Dichteraugen, wie diese Fröhlichkeit ein Kannibalentriumph war, der sich auf den Gräbern ermordeter Feinde in wüsten, teuflischen Schwelgereien ergeht.

Und es nahte der Zug der Rache.

Die Tür tat sich von selbst auf; eiskalte Luft strömte in den Raum, die Lampe erlosch, das wüste Gelächter der Zechenden verstummte, und beleuchtet von mattem Mondlichte schritt ein furchtbarer Chor daher – die Geister der Gerichteten kamen langsam dahergeschwebt, und eine tiefe Grabesstimme sprach:

»Wir wollen einmal mit Euch anstoßen, Ihr Mörder!«

Auf der Fahrt nach Hause

Der Eilzug donnert durch die herbstliche Landschaft. Draußen an den Telegraphendrähten hängen dicke Tropfen, als hätten diese Drähte nichts zu melden denn Kampf und Streit, Kummer und Herzeleid und weinten über ihren traurigen Beruf.

Es gibt viel Trübes in der Welt. Mir gegenüber im Wagen sitzt ein vierzehnjähriger Knabe. Er ist blaß und trägt eine Brille. Sein Gesicht hat etwas Müdes, Greisenhaftes, seine Augen sind alt und kalt. Neben ihm seine Schwester sieht gelangweilt zum Fenster hinaus. Sie ist wohl zwölf Jahre alt; aber sie jauchzt nicht, wenn draußen Rehe stehen; sie staunt nicht einmal über die große steinerne Windmühle mit den fünf Flügeln. Ach, wie müde – ach, wie blasiert!

Da wäre ich also bei der Melodei, die alternde Leute anstimmen: »Als ich jung war, war eine bessere Zeit! Die gute, alte Zeit!«

He, du greises Gymnasiastlein mit den ledernen Oberlehrerrunzeln auf der Stirn, wirst du je in den »Sieh dich für« ziehen? wird sich je in deinem überanstrengten armen Hirn soviel wunderschöne Verrücktheit, in deinen Muskeln soviel tolle überschüssige Kraft ansammeln, daß du auf Raubtaten ausziehen mußt in den finstern Wald? Oder wird dir deine Jugend nur widerhallen von grammatischen Regeln, und werden all deine jungen Gedanken nur auf die Lösung mathematischer Aufgaben gerichtet sein, bis du durch all deine Examina gekommen – und am Ende halt einen schmal bezahlten Beruf und irgendeinen Titel hast?

Armes Gymnasiastlein! Als ich jung war ...

Da war eine kleine Kneipe in einer Hintergasse, dort wurde das schlechte Bier gut und die billige Zigarre köstlich, weil sie für uns verboten waren. Und dort sprachen wir von allen großen Dingen der Welt und lösten die schweren Probleme der Menschheit zu Dutzenden. Da war es auch, wo ich meinen Kameraden zum erstenmal vom »Sieh dich für« erzählte, von der Ernestine, vom kurzen Prozeß, von der kalten Küche, von der Höhle, vom Turm. Daß der »Sieh dich für« im Laufe der Zeit ein solides, wenig einträgliches Wirtshaus geworden sei, verschwieg ich. Ich berichtete nur das

Romantische, die Räubergeschichten aus alter Zeit, da sich der Verkehr noch auf einsamer Landstraße abspielte. Von den wirklichen Marterln am Wege, von den Kirchenchroniken, in denen ich über diese interessanten Greueltaten gelesen hatte, erzählte ich. Hei, wie die Wangen brannten! War nicht der junge Schiller unser geistiger Führer? Waren nicht seine »Räuber« unser literarisches Evangelium? War nicht dieser junge Friedrich Schiller der einzige deutsche Dichter, den wir ganz verstanden, der uns herzinnig nahe stand, den wir anbeteten?

Wir beschlossen, wie Karl Moor in die Wälder zu gehen und eine Räuberbande zu gründen. Der Name, den wir wählten, war »Die Schreckensburger«. Geisterheinrich wurde zum Hauptmann gewählt. Der erste Plan wurde aufgestellt, wir wollten den »Sieh dich für«, den ich von Jugend auf kannte, überfallen, »erobern«, wir wollten ihn zur »Schreckensburg« erheben und die dort jetzt hausende Besitzerin, Witfrau Ernestine, tribut- und dienstpflichtig machen, sie aber im übrigen, da wir ???»Ekdelräuber« waren, anständig, ja gnädig behandeln. Die Bande wurde organisiert, wobei ein gräßlich anzuhörendes Gelübde der Verschwiegenheit geleistet werden mußte; jeder erhielt einen stark nach Blut, Leichen und Galgen riechenden Namen, der »Plan« wurde gefaßt. Alles war bereit. Drei Tage darauf wurde ich meinem Gelübde, zu schweigen, untreu. Ich bekam Bedenken. Die Ernestine, die Wirtin vom »Sieh dich für«, war zwar die lustigste Frau von der Welt, kannte mich von Kindheit an, aber –

Also kurz und gut, ich schrieb der Ernestine heimlich einen Brief, sie möge es nur nicht übelnehmen: ich hätte mit noch acht Kameraden eine Bande gegründet, um ihren »Sieh dich für« in der ersten Feriennacht schlag zwölf Uhr zu überfallen. Es sei ja bloß Spaß, und sie möchte, bitte, nicht erschrecken, mich aber auch nicht verraten, da ich sonst »total verratzt« sei. Darauf bekam ich einen Brief mit Ernestinens charakteristischer Schrift: »Lieber Paul! Komme nur ruhig mit deiner Bande. Verraten wird nichts. Auf fröhliches Wiedersehen! Ernestine.« Der »Überfall« geschah. Unterwegs kriegten zwei von uns Bedenken. Sie erwogen die Frage, ob wir, wenn die Sache herauskäme, »geschaßt« würden oder nur das *consilium abeundi* bekämen. Unser Häuptling Geisterheinrich verwies die Kleinmütigen aufs strengste. »Geisterheinrich« ist heute ein ausgezeichneter Schulaufsichtsbeamter im Provinzialschulkollegium. Damals war »Geisterheinrich« der gefährlichste aller Banditen. Er war es, der das Haus beschlich, er war es, der mit der Faust an die Tür donnerte und mit seiner tiefen, schrecklichen Altstimme brüllte: »Aufmachen! hier steht »Geisterheinrich« mit seiner Bande!«

Da geschah etwas Grausiges. Die Tür öffnete sich; eine riesige, ganz in weiße Tücher eingehüllte Gestalt erschien und legte eine lange Flinte auf uns an.

»Halt! wer sich rührt, ist des Todes!«

Alle standen wie erstarrt. Fünf Minuten später war die ganze »Bande« in der »kalten Küche« eingesperrt.

Als sich aber noch in selbiger Nacht nach einiger ausgestandener Angst das Gespenst als eine sehr gemütliche, humorbegabte, prachtvolle Ernestine und ihre Flinte als eine alte Knarre entpuppte, die aus dem Siebenjährigen Kriege stammte und schon bei Kolin nicht losgegangen war, da wuchs der Mut wieder, Reden und Geberden wurden tollkühn, und als die Ernestine Kirschkuchen spendierte, gelobten alle, daß der »Sieh dich für« unsere ständige Räuberburg sein und bleiben sollte.

Und so war es. Wir machten unsere Studien und wuchsen heran. Oft aber in holden Ferientagen waren wir im »Sieh dich für«, und jedesmal lag »eine neue Idee« zugrunde, und es war immer aufregend, schauerlich, blutig – und riesig gemütlich. Einmal schrieb ich da einem Freund auf einer Postkarte die Worte, die ich dieser losen Erzählung vorangesetzt habe:

»Alle Tyrannen der Welt werden am Ende lächerlich; auf dem Schindanger grasen die Gänse.«

»Spielen die Kinder« hätte ich lieber sagen sollen. Wir machten Schule. Trotz des »gräßlichen Gelübdes«, zu schweigen, sprach sich allgemach die Sache herum.

Hei, als die Schauspieler, die Maler und anderes Gesindel auf den Ulk kamen! Da hat es wilde Räubertaten gegeben, und die Ernestine hat gute Geschäfte gemacht. »Junge,« sagte sie mir einmal, »seit du die Bande gegründet hast, bin ich wohlhabend geworden; denn ohne Räuber kann nun einmal ein ›Sieh dich für‹ nicht bestehen.«

Nach und nach bildeten sich geheime ›Sieh dich für‹-Gesellschaften, die sich als ›Räuber‹, als ›Pfeffersäcke‹, als ›Femritter‹, ›fahrende Sänger‹ u. dgl. ausgaben und sich untereinander befehdeten. Manche zogen auf längere Zeit zu Ernestine ins Quartier wie die photographierende ›Prinzessin‹ und der ›Professor‹, von dem ich noch jetzt nicht weiß, ob er echt oder gemimt war. Mich selbst wirbelte das Leben herum, brachte mir viel Ernst und viel Arbeit. Selten nur noch kam ich in den ›Sieh dich für‹.

Aber manchmal überkommt mich's wie Heimweh nach jungen Tagen, nach sorgloser Laune und spielendem Übermute. Dann muß ich hin nach dem alten Räuberhause im Walde. Die Menschen, die ich dort finde, sind mir fast immer unbekannt. Es ist schon zu lange her.

Neue Menschen – aber die alte, kinderselige Torheit, liebes, närrisches Spiel! Die besten Menschen gerade haben die Sehnsucht, manchmal am Jungbrunnen der Phantasie die alten Kleider abzulegen, hineinzutauchen in die kühlen Wunderwellen und als andere Menschen emporzutauchen zum Lichte. Und wenn es auch nur Stunden sind, es ist doch Gewinn für Herz und Leben, einmal der elenden, grauen Wirklichkeit zu entschlüpfen.

Darum die Faschingsmaskeraden; darum die Träume, die den armen Fabrikarbeiter zum Könige, den König zum Vagabunden machen. Waret ihr noch nie auf Maskenbällen? War euch da nicht wohl? Freilich, wer's nicht fühlt, der wird es nicht erjagen. Wer immer in ein und derselben Haut stecken bleibt, darf sich nicht wundern, wenn er dumpf wird. Habt ihr wohl von der Gesellschaft der Berliner »Pankgrafen« gehört, die in ritterlicher Ausrüstung hoch zu Roß mit Schwertern und Hellebarden Städte überfallen, nachdem sie dem Magistrat einen ganz offiziellen »Fehdebrief« geschickt haben. Im Jahre 1928 erst mußte noch das »hochmütige« Stralsund und das »meineidige« Schwerin daran glauben. Ha, wie die überfallenen Bürger heulten – vor Freude!

Ich erinnere mich noch deutlich einer unserer Gerichtsverhandlungen anläßlich des fünfundzwanzigsten Stiftungsfestes unserer Schreckensburgerbande. Der arme Schlucker, der auf der Anklagebank saß, war des Hochverrats bezichtigt. Das Los hatte mich zum Staatsanwalt bestimmt. Ich gestehe, daß ich mich nie in einer Rolle strammer gefühlt habe als in dieser. Den Vorsitz führte einer unserer bedeutendsten deutschen Lyriker; ein bekannter Justizrat amtierte mit etwas brutaler Gewissenhaftigkeit als Gerichtsdiener, während ein berühmter Berliner Philosoph, der in Schlesien zu Gaste war, die Verteidigung übernommen hatte. Damals ist ein Mann, den man auf allen Theatern Deutschlands kennt, wegen »ungebührlichen Verhaltens im Zuhörerraum« an die Luft befördert worden; ein »Arzt« verordnete dem Angeklagten, der wiederholt ohnmächtig wurde, mehrere Kognaks und »Berliner Weiße« auf Gerichtskosten, und acht Stunden tobte der Kampf um das Schicksal des Hochverräters, den ich gern an den Galgen gebracht hätte, der aber mit einer gelinden Geldstrafe davonkam, dank des glänzenden Plaidoyers seines Anwalts.

Nicht wahr, lieber Herr Philister, gesetzte Männer sollten sich schämen, solchen Mummenschanz zu treiben? Wir aber wollen uns vertragen, wollen sagen: Bleib du, wie du bist, und laß uns bleiben, wie wir sind! – – –

Nach der Heimkehr

Ich trommelte ein paar Freunde zusammen, Spießgesellen von einst, den »unzuverlässigen Eduard« – unzuverlässig, weil er fünf oder sechs Meineide geschworen hatte – dann den »Witwentröster«, so genannt, weil er der Ernestine jedesmal einige Küsse raubte, den »Fernzünder«, der einmal mittels einer Zündschnur unsere Schreckensburg in die Luft sprengen wollte, wobei ihn der intelligente Hofhund erwischte, der mit der Pfote den glimmenden Faden austrat und aus Wut darüber, daß er sich verbrannte, dem »Fernzünder« schmerzhaft die Hosen zerfetzte, und auch noch den »öligen Schuft«, so genannt, weil es ihm allezeit eine schmunzelnde Freude bereitete, Zechgenossen das Bier durch Einträufeln von etlichem Rhizinus »bekömmlicher« zu gestalten.

Sie waren alle da. Ich berichtete von meinem Ausflug nach dem »Sieh dich für«. Sie fragten begierig nach den geringsten Kleinigkeiten. Und dann? – Dann wurden alle traurig.

> »Wir zogen mit gesenktem Blick
> In das Philisterland zurück,
> *O jerum, jerum, jerum,*
> *O quae mutatio rerum.*«

Aber doch – unsere schöne Idee, die »Schreckensburger« zu begründen, war nicht verblaßt.

Meine Berichte über das Erlebte fanden Beifall. Am besten gefielen die katastrophalen Ohrfeigen, die der graue Otter dem roten Ignaz versetzt hatte. Da lag Schmiß drin. Die neuen Kerle waren nicht schlecht.

Die Schreckensburger Gesellschaft war jetzt gut organisiert. Zu gleichen Teilen Schnapphähne, also Räuber, und Schergen, also Polizei. Dann einige »Pfeffersäcke«, reisende Kaufleute, denen die Aufgabe zufiel, sich überfallen zu lassen. Die zu raubenden Gegenstände mußten die Pfeffersäcke selbst beschaffen. Deshalb waren diese Posten unbeliebt. Sie wurden den »Füchsen« überlassen. Der Schloßhauptmann der Schreckensburg bestimmte die Waren und Quanten. Der letzte Überfall war für die Pfeffersäcke bedauerlich ausgefallen. Die für Ernestine als Huldigungsgabe bestimmte Flanellbluse wurde im Handgemenge zerrissen, die Liköre raubten die Räuber, die Zigarren fielen den Schergen zur Beute, die Wurst fraß der Hofhund, der wie ein Wahnsinniger dahergejagt gekommen war. Es war der vollendete Bandit, der erfolgreichste Räuber. Im übrigen ein treues Tier. Die Geprellten waren die reisenden Kaufleute, die Pfeffersäcke.

Ach, schönes Spiel! Selige Unbekümmertheit! Goldene Torheit!

Der »Witwentröster« schrieb eine Ansichtskarte, welche die Frau von Stein darstellte, an Ernestine: »Meine tränenden Augen gedenken deiner, du Ungetreue. Dein Witwentröster.« Der ölige Schuft sagte, dieser Text sei Quatsch, denn Augen könnten nicht denken, schon gar nicht tränende, da würden ja alle Gedanken zu Wasser. Er bedauere, zufällig kein Rhizinus bei sich zu haben, sonst wollte er diesen Liebesgruß mit schönen Tränen betauen und uns allen das Bier bekömmlicher gestalten. Er half sich, indem er im Aschenteller einen Mischmasch von Pfeffer, Asche und einigen Tropfen Underberg Bonekamp zusammenrührte, womit er »wundervolle Tränen« auf die Karte zauberte. Auch Frau von Stein hatte eine solche Träne an der Wimper. Der ölige Schuft war und blieb ein Schweinigel. Von Beruf Maler.

»Daß wir halt garnicht mehr so richtig übermütig werden können,« seufzte der ölige Schuft. »Ach, daß wir alt werden! Es ist wunderschön, jung und toll zu sein!«

Und damit soll diese »Räubergeschichte« schließen.

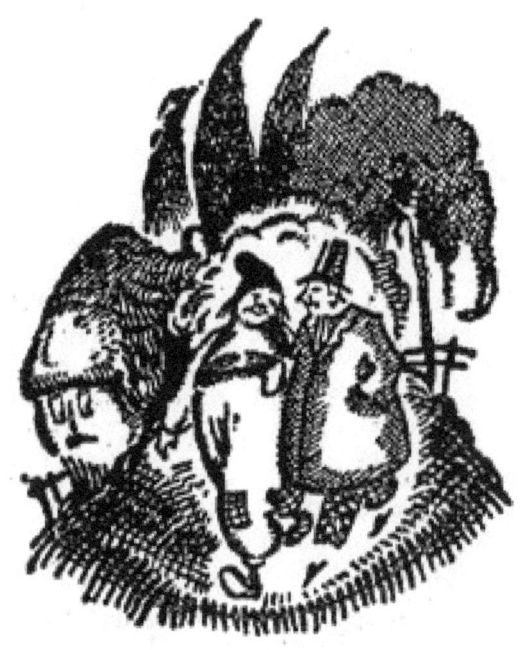

Nachschrift

Wer über diese an sich ganz ernsthafte Erzählung schimpft, sei es drucklich, schriftlich, mündlich oder auch nur in Gedanken, soll der Ernestine überantwortet werden. Sie wird ihn in den »kurzen Prozeß« versenken. Das ist an sich nicht so schlimm, da der »kurze Prozeß« jetzt zu zwei Dritteilen voll weichen Mülls ist. Aber wenn der Versenkte ans Tageslicht zurückkrabbelt und ihm dann bei lebendigem Leibe von der Ernestine der Anzug »abgeklopft« wird, erleidet er ein grausiges Schicksal. Wie viele wirkliche Leichen es da gegeben hat, weiß ich nicht, aber siebzehn Personen männlichen Geschlechts sind mir schon bekannt, die jetzt dem verdienstvollen »Verein ehemaliger Scheintoter« angehören. Sie alle sind von der Ernestine »abgeklopft« worden.

Also: »Sieh dich für!«

Über tredition

Eigenes Buch veröffentlichen

tredition wurde 2006 in Hamburg gegründet und hat seither mehrere tausend Buchtitel veröffentlicht. Autoren veröffentlichen in wenigen leichten Schritten gedruckte Bücher, e-Books und audio-Books. tredition hat das Ziel, die beste und fairste Veröffentlichungsmöglichkeit für Autoren zu bieten.

tredition wurde mit der Erkenntnis gegründet, dass nur etwa jedes 200. bei Verlagen eingereichte Manuskript veröffentlicht wird. Dabei hat jedes Buch seinen Markt, also seine Leser. tredition sorgt dafür, dass für jedes Buch die Leserschaft auch erreicht wird.

Im einzigartigen Literatur-Netzwerk von tredition bieten zahlreiche Literatur-Partner (das sind Lektoren, Übersetzer, Hörbuchsprecher und Illustratoren) ihre Dienstleistung an, um Manuskripte zu verbessern oder die Vielfalt zu erhöhen. Autoren vereinbaren direkt mit den Literatur-Partnern die Konditionen ihrer Zusammenarbeit und partizipieren gemeinsam am Erfolg des Buches.

Das gesamte Verlagsprogramm von tredition ist bei allen stationären Buchhandlungen und Online-Buchhändlern wie z. B. Amazon erhältlich. e-Books stehen bei den führenden Online-Portalen (z. B. iBookstore von Apple oder Kindle von Amazon) zum Verkauf.

Einfach leicht ein Buch veröffentlichen: **www.tredition.de**

Eigene Buchreihe oder eigenen Verlag gründen

Seit 2009 bietet tredition sein Verlagskonzept auch als sogenanntes "White-Label" an. Das bedeutet, dass andere Unternehmen, Institutionen und Personen risikofrei und unkompliziert selbst zum Herausgeber von Büchern und Buchreihen unter eigener Marke werden können. tredition übernimmt dabei das komplette Herstellungs- und Distributionsrisiko.

Zahlreiche Zeitschriften-, Zeitungs- und Buchverlage, Universitäten, Forschungseinrichtungen u.v.m. nutzen diese Dienstleistung von tredition, um unter eigener Marke ohne Risiko Bücher zu verlegen.

Alle Informationen im Internet: **www.tredition.de/fuer-verlage**

tredition wurde mit mehreren Innovationspreisen ausgezeichnet, u. a. mit dem Webfuture Award und dem Innovationspreis der Buch Digitale.

tredition ist Mitglied im Börsenverein des Deutschen Buchhandels.

Dieses Werk elektronisch lesen

Dieses Werk ist Teil der Gutenberg-DE Edition DVD. Diese enthält das komplette Archiv des Projekt Gutenberg-DE. Die DVD ist im Internet erhältlich auf **http://gutenbergshop.abc.de**

Zeitfracht Medien GmbH
Ferdinand-Jühlke-Straße 7
99095 Erfurt, Deutschland
produktsicherheit@kolibri360.de